Luigi Pirandello

Così è (se vi pare)

Texte et illustration de couverture : © domaine public
Edition : Culturea (Hérault, 34)
Contact : infos@culturea.fr
Retrouvez notre catalogue sur http://culturea.fr
Imprimé en Allemagne par Books on Demand
Design typographique : Derek Murphy
Layout : Reedsy (https://reedsy.com/)

Dépôt légal : janvier 2023

ISBN : 9791041842704

Personaggi

Lamberto Laudisi

La Signora Frola

Il Signor Ponza, suo genero

La Signora Ponza

Il Consigliere Agazzi

La Signora Amalia, sua moglie e sorella di Lamberto Laudisi

Dina, loro figlia

La Signora Sirelli

Il Signor Sirelli

Il Signor Prefetto

Il Commissario Centuri

La Signora Cini

La Signora Nenni

Un cameriere di casa Agazzi

Altri Signori e Signore

In un capoluogo di provincia

Oggi.

ATTO PRIMO

Salotto in casa del Consigliere Agazzi. Uscio comune in fondo; usci laterali a destra e a sinistra.

SCENA PRIMA

La SIGNORA AMALIA, DINA, LAUDISI

Al levarsi della tela Lamberto Laudisi passeggia concitatamente per il salotto. Svelto, elegante senza ricercatezza, sui quaranta, indossa una giacca viola con risvolti e alamari neri; spirito arguto, s'irrita facilmente; ma poi ride e lascia fare e dire, compiacendosi dello spettacolo della sciocchezza altrui.

LAUDISI Ah, dunque è andato dal Prefetto?

AMALIA *(sui quarantacinque, capelli grigi; ostenta una certa importanza, per il posto del marito, ma lasciando intendere che, se stesse in lei, rappresenterebbe la sua parte e si comporterebbe forse altrimenti).* Oh Dio, Lamberto, ma si tratta infine di un suo subalterno!

LAUDISI Ma suo subalterno, scusa, alla Prefettura, non a casa!

DINA *(diciannove anni; una cert'aria di capir tutto meglio della mamma e anche del babbo, ma attenuata, quest'aria, da una vivace grazia giovanile)* È venuto ad allogarci la suocera qua accanto, sullo stesso pianerottolo!

LAUDISI E non era forse padrone? C'era un quartierino sfitto, e l'ha affittato per la suocera. Che ha forse l'obbligo una suocera di venire a ossequiare in casa la moglie e la figliuola d'un superiore di suo genero?

AMALIA Ma no, chi dice obbligo? Siamo andate noi, io e Dina, per le prime da questa signora, e n o n s i a m o s t a t e r i c e v u t e - capisci?

LAUDISI E che cosa è andato a fare adesso tuo marito dal Prefetto? A imporre d'autorità un atto di cortesia?

AMALIA   Un atto di giusta riparazione! Perché non si lasciano due signore, così, davanti alla porta.

LAUDISI   Soperchierie, soperchierie, prepotenze! O che non è dunque più permesso alla gente di starsene per casa sua?

AMALIA   Eh, se tu non vuoi tener conto che l'atto di cortesia volevamo farlo noi per le prime a una forestiera!

DINA   Via, zietto, calmati, via.... Come sei terribile! Sarà pure la curiosità.... Ma scusa, non ti sembra naturale?

LAUDISI   Naturale, un corno! Non avete nulla da fare!

DINA   Ma no, guarda: metti che tu stia qua, scusa, zietto, senza la minima voglia di badare a ciò che fanno gli altri attorno a te. - Bene. - Vengo io. E qua, proprio su questo tavolinetto che ti sta davanti, ti colloco, con la massima serietà.... - anzi no, con la faccia di quel signore lì, patibolare - che so, mettiamo; un pajo di scarpe della cuoca.

LAUDISI   Ma che c'entra?

DINA   Aspetta... che posso dire? Un ferro da stiro.... che so, il mestolo.... il tuo pennello della barba.... - Posso far colpa a te della curiosità che con tutte queste stramberie son venuta io stessa a suscitarti?

LAUDISI   Carina! - Hai ingegno tu; ma parli con me, sai? - Tu vieni a posarmi qua sul tavolino le cose più strambe e disparate, appunto per suscitar la mia curiosità; e certo - poiché l'hai fatto apposta - non puoi farmi colpa se ti domando: - "Ma perché, cara, le scarpe della cuoca qui sopra?" - Dovresti ora dimostrarmi che questo signor Ponza - villano e mascalzone, come lo chiama tuo padre - sia venuto ad allogarci, ugualmente apposta, qua accanto, la suocera!

DINA   Non l'avrà fatto apposta, va bene! Ma non puoi negare che questo signore è venuto a stabilire in paese, sotto gli occhi di tutti, un cumulo di cose talmente strambe da suscitar la curiosità naturalissima di tutta la gente. - Scusami. - Arriva. - Prende a pigione un quartierino all'ultimo piano di quel casone tetro, là, all'uscita del paese, su gli orti....- L'hai veduto? Dico, di dentro?

LAUDISI   Sei forse andata a vederlo, tu?

DINA   Sì zietto! Con la mamma. E mica noi sole, sai? Tutti sono andati a vederlo. - C'è un cortile interno, così bujo che pare un incubo, con una ringhiera di ferro in alto in alto, lungo il ballatojo dell'ultimo piano; da cui pendono coi cordini tanti panieri.....

LAUDISI   E con questo?

DINA   *(con meraviglia e indignazione)* Ha relegato la moglie lassù!

AMALIA   E la suocera qua, accanto a noi!

5

LAUDISI   In un bel quartierino, la suocera, in mezzo alla città!

AMALIA   Grazie! E la costringe ad abitar divisa dalla figlia?

LAUDISI   Chi ve l'ha detto? E non può esser lei, invece, per avere maggior libertà?

DINA   No, no! che, zietto! Si sa che è lui!

AMALIA   Ma scusa, si capisce che una figliuola, sposando, lasci la casa della madre e vada a convivere col marito, anche in un'altra città. Ma che una povera madre, non sapendo resistere a viver lontana dalla figliuola, la segua, e nella città dove anche lei è forestiera, sia costretta a viverne divisa, via ammetterai che questo no, non si capisce più facilmente!

LAUDISI   Già! Che fantasie da tartarughe! Ci vuol tanto a immaginare che, o per colpa di lei, o per colpa di lui, ci sia tale incompatibilità di carattere, per cui, anche in queste condizioni. . .

DINA   (interrompendo, meravigliata)   Come, zietto? Tra madre e figlia?

LAUDISI   Perché tra madre e figlia?

AMALIA   Ma perché tra loro due, no! non sono sempre insieme, lui e lei!

DINA   Suocera e genero! È ben questo lo stupore di tutti !

AMALIA   Viene qua ogni sera, lui, a tener compagnia alla suocera.

DINA   Anche di giorno, viene, una o due volte.

LAUDISI   Sospettate forse che facciano all'amore, suocera e genero?

DINA   No, roba da ridere! È una povera vecchietta, lei!

AMALIA   Ma non le porta mai la figlia! non porta mai con sé, mai, mai, la moglie a vedere la madre.

LAUDISI   Sarà malata quella poverina... non potrà uscire di casa...

DINA   Ma che! Ci va lei, la madre...

AMALIA   Ci va... sì! Per vederla da lontano! Si sa di causa e scienza che a questa povera madre è proibito di salire in casa della figliuola!

DINA   Può parlarle solo dal cortile!

AMALIA   Dal cortile, capisci!

DINA Alla figliuola che s'affaccia dal ballatojo lassù, come dal cielo! Questa poveretta entra nel cortile; tira il cordino del paniere; suona il campanello lassù; la figliuola s'affaccia, e lei le parla di giù, da quel pozzo, tenendo la testa .... così! Figurati!

Si sente picchiare all'uscio e si presenta il cameriere.

CAMERIERE Permesso, signora?

AMALIA Chi è?

CAMERIERE I signori Sirelli con un'altra signora.

AMALIA Ah, fa' passare,

Il cameriere s'inchina e via.

SCENA SECONDA

I CONIUGI SIRELLI, La SIGNORA CINI, DETTI

AMALIA *(alla signora Sirelli)* Cara signora!

SIGNORA SIRELLI *(grassoccia, rubizza, ancora giovine, piacente, parata con sovraccarica eleganza provinciale, ardente d'irrequieta curiosità, aspra contro il marito)* Mi sono permessa di portarle la mia buona amica, signora Cini, che aveva tanto desiderio di conoscerla.

AMALIA Piacere, signora. - S'accomodino.

Fa le presentazioni

Questa è la mia figliuola Dina. - Mio fratello Lamberto Laudisi

SIRELLI (*calvo, sui quaranta, grasso, ma con pretese d'eleganza, salutando*) Signora, Signorina.

Stringe la mano a Laudisi.

SIGNORA SIRELLI Ah, signora mia, noi veniamo qua come alla fonte. Siamo due povere assetate di notizie.

AMALIA E notizie di che, signore mie?

SIGNORA SIRELLI Ma di questo benedetto nuovo segretario della Prefettura. Non si parla d'altro in paese, creda, signora mia!

SIGNORA CINI (*vecchia goffa, piena di cupida malizia dissimulata con arie d'ingenuità*) Una curiosità abbiamo tutte!

AMALIA Ma non ne sappiamo nulla più degli altri, noi, creda, signora!

SIRELLI (*alla moglie*) Te l'ho detto? Ne sanno quanto me! Ne sanno forse meno di me! - la ragione per cui questa povera madre non può andare a vedere in casa la figliuola, per esempio, la sanno loro, qual è veramente?

AMALIA Ne stavo parlando appunto con mio fratello....

LAUDISI Mi sembrate impazziti tutti quanti!

DINA Perché il genero, dicono, glielo proibisce.

SIGNORA CINI Non basta, signorina!

SIGNORA SIRELLI Non basta! Fa di più!

SIRELLI Notizia fresca appurata or ora:. - La tiene chiusa a chiave!

AMALIA La suocera?

SIRELLI No, signora: la moglie!

SIGNORA SIRELLI La moglie! la moglie!

SIGNORA CINI A chiave!

DINA Capisci, zietto? Tu che vuoi scusare...

SIRELLI (*stupito*) Come? Tu vorresti scusare quell'uomo?

LAUDISI   Ma non voglio scusare nient'affatto! Dico che la vostra curiosità (chiedo perdono alle signore) è insoffribile, non foss'altro, perché inutile.

SIRELLI   Come, scusa?

LAUDISI   Inutile! - Inutile, signore mie!

SIGNORA CINI   Che si voglia venire a sapere?

LAUDISI   Che cosa, scusi? Che possiamo noi *realmente* sapere degli altri? chi sono... come sono... ciò che fanno... perché lo fanno...

SIGNORA SIRELLI   E perché no? Chiedendo notizie, informazioni...

LAUDISI   Ma se c'è una che, per questa via, dovrebbe essere a giorno d'ogni cosa; quest'una, scusi, dovrebbe proprio esser lei, signora, con un marito come il suo, così informato sempre di tutto!

SIRELLI   *(cercando d'interrompere)* Scusa, scusa...

SIGNORA SIRELLI   Ah no, caro, senti: questa è la verità!

rivolgendosi alla signora Amalia:

La verità, signora mia: con mio marito che dice sempre di saper tutto, io non riesco a sapere mai niente.

SIRELLI   Sfido! Non si contenta mai di quello che le dico! Dubita sempre che una cosa non sia come io gliel'ho detta. Sostiene anzi che, come gliel'ho detta io, non può essere. Arriva finanche a supporre di proposito il contrario!

SIGNORA SIRELLI   Ma abbi pazienza, se vieni a riferirmi certe cose...

LAUDISI   *(ride forte)* Ah ah ah... Permettete, signora? Rispondo io a suo marito. Come vuoi, caro, che tua moglie si contenti delle cose che tu le dici, se tu - naturalmente - gliele dici come sono per te?

SIGNORA SIRELLI   Come assolutamente non possono essere!

LAUDISI   Ah, no, signora, perdono: qui ha torto lei! Per suo marito, stia sicura, le cose sono come lui gliele dice.

SIRELLI   Ma come sono in realtà! come sono in realtà!

SIGNORA SIRELLI   Nient'affatto! Tu t'inganni continuamente!

SIRELLI T'inganni tu, ti prego di credere! Non m'inganno io!

LAUDISI Ma no, signori miei! Non v'ingannate nessuno dei due. Permettete? Ve lo dimostro. - Tutt'e due, qua, vedete me. - Mi vedete, è vero?

SIRELLI Eh sfido!

LAUDISI No no. Vieni qua, vieni qua....

SIRELLI *(gli s'appressa, sorridente, come per prestarsi a uno scherzo)* Perché?

LAUDISI Vedimi meglio. Toccami. Così, bravo. - Tu sei sicuro di toccarmi come mi vedi, è vero?

SIRELLI Direi....

LAUDISI Non puoi dubitare di te, sfido! - Ora, scusi, venga qua lei, signora.... No no, ecco, vengo io da lei....

Le si fa davanti, si piega su un ginocchio:

Mi vede, è vero? Alzi una manina; mi tocchi.... - Cara manina!

SIRELLI Ohè.... ohè....

LAUDISI Non gli dia retta! -È sicura anche lei di toccarmi come mi vede? Non può dubitare di lei. - Ma per carità, non dica a suo marito, né a mia sorella, né a mia nipote, né alla signora qua, come mi vede, perché tutt'e quattro altrimenti le diranno *che lei s'inganna*. Mentre lei non s'inganna affatto! Perché io sono *realmente* come mi vede lei! - Ma ciò no toglie che io sia anche realmente come mi vede suo marito, mia sorella, mia nipote e la signora qua, che anche loro *non si ingannano affatto!*

SIGNORA SIRELLI E come, dunque, lei cambia dall'uno all'altro?

LAUDISI Ma sicuro che cambio, signora mia! E lei no, forse? Non cambia?

SIGNORA SIRELLI *(precipitosamente)* Ah no no no no no. Le assicuro che per me io non cambio affatto!

LAUDISI E neanch'io *per me*, creda! E dico che voi tutti v'ingannate se non mi vedete come mi vedo io! Ma ciò non toglie che non sia una bella presunzione tanto la mia che la sua, cara signora.

SIRELLI Ma che ci ha da vedere tutto questo, scusa?

LAUDISI   Come no? Vi vedo così affannati a cercar di sapere chi sono gli altri e le cose come sono, quasi che gli altri e le cose per se stessi fossero così o così....

SIGNORA SIRELLI   Ma secondo lei allora non si potrà mai sapere la verità?

SIGNORA CINI   Se non dobbiamo più credere neppure a ciò che si vede e si tocca!

LAUDISI   Ma sì, ci creda, signora! Perciò le dico: rispetti ciò che vedono e toccano gli altri, anche se sia il contrario!

SIGNORA SIRELLI   Oh, senta! io le volto le spalle e non parlo più con lei! Non voglio impazzire!

LAUDISI   No, no: basta! Seguitate, seguitate a parlare della Signora Frola e del signor Ponza suo genero - non v'interrompo più.

AMALIA   Ah, Dio sia ringraziato! E faresti meglio, caro Lamberto, se te ne andassi di là!

DINA   Di là; di là, zietto.... sì, sì....

LAUDISI   Perché? No. Mi diverto a sentirvi parlare. Starò zitto, non dubitate. Al più - se permettete - farò qualche risata.

SIGNORA SIRELLI   E dire che noi eravamo venute per sapere... - Ma scusi: suo marito, signora, non è un superiore di questo signor Ponza?

AMALIA   Altro è l'ufficio, altro la casa, signora.

SIGNORA SIRELLI   Capisco, già! - Ma loro non hanno neppure tentato di vedere la suocera qua accanto?

DINA   Altro che! Due volte, signora!

SIGNORA CINI   Ah dunque.... dunque loro le hanno parlato?

AMALIA   Non siamo state ricevute, signora mia!

SIRELLI, SIGNORA SIRELLI, SIGNORA CINI   Oh! oh! - Come! - Come mai!

DINA   Anche questa mattina...

AMALIA   La prima volta restammo più d'un quarto d'ora dietro la porta. Nessuno venne ad aprirci, e non si poté neppure lasciare un biglietto di visita.... Siamo tornate oggi...

DINA   (*Con un gesto colle mani che esprime spavento*) È venuto ad aprirci lui!

SIGNORA SIRELLI È la faccia.... già! La faccia di quest'uomo che sconcerta tutto il paese! E poi, così, vestito di nero... Sono tutti e tre vestiti di nero, anche la signora, è vero? la figlia?

SIRELLI *(con fastidio)* Ma se la figlia non l'ha mai veduta nessuno! Te l'ho detto mille volte! sarà vestita di nero anche lei... - Sono d'un paesello della Marsica - lo sanno questo?

AMALIA Sì; distrutto, pare, totalmente....

SIRELLI Di pianta, raso al suolo, dal terremoto.

DINA Hanno perduto tutti i parenti, si dice....

SIGNORA CINI *(con ansia di riattaccare il discorso interrotto)* Bene; dunque dunque... - ha aperto lui?

AMALIA Appena me lo sono veduto davanti, con quella faccia, non mi son più trovata in gola la voce per dirgli che venivamo per una visita alla suocera. Niente, sa? neanche un ringraziamento.

DINA No, per questo, fece un inchino....

AMALIA Ma appena ..... così col capo.

DINA Gli occhi, piuttosto, devi dire! Quelli sono gli occhi d'una belva, non d'un uomo.

SIGNORA CINI E allora? Che ha detto allora?

DINA Tutto imbarazzato....

AMALIA - tutto arruffato, ci ha detto che la suocera era indisposta... che ci ringraziava dell'attenzione... e rimase lì su la soglia, in attesa che ci ritirassimo....

DINA Che mortificazione!

SIRELLI Un vero sgarbo! Ma può esser sicura che è lui, sa? Forse terrà sotto chiave anche la suocera!

SIGNORA SIRELLI Ci vuol coraggio! Con una signora, moglie d'un suo superiore!

AMALIA Ah, ma mio marito, sa, l'ha presa come una grave mancanza di riguardo ed è andato a rinzelarsene fortemente col Prefetto, pretendendo una riparazione.

DINA Oh, giusto, eccolo qua, il babbo!

SCENA TERZA

Il CONSIGLIERE AGAZZI, DETTI, CAMERIERE.

AGAZZI   *(cinquant'anni, rosso di pelo, arruffato, con barba, occhiali d'oro, autoritario e dispettoso)* Oh, caro Sirelli....

S'appressa al canapè, s'inchina a stringe la

mano alla signora Sirelli.

 Signora....

AMALIA   *(presentandolo alla signora Cini)* Mio marito - la Signora Cini.

AGAZZI   *(s'inchina, stringe la mano)* Lietissimo....

Poi, rivolgendosi alla moglie e alla figlia:

Vi avverto che sarà qui a momenti la Signora Frola.

SIGNORA SIRELLI   *(battendo le mani, esultante)* Ah, verrà? verrà qui?

SIRELLI   *(ad Agazzi, stringendogli la mano, compreso d'ammirazione)* Bravo, caro! Hai fatto bene a importi!

AGAZZI   Ma per forza, scusate! Potevo tollerare che fosse fatto uno sgarbo così patente alla mia casa?

SIRELLI   Ma sì! Dicevamo questo appunto!

SIGNORA SIRELLI   E sarebbe stato bene cogliere quest'occasione....

AGAZZI   *(prevenendo)* Per far notare al Prefetto tutto ciò che si dice in paese sul riguardo di questo signore? Eh, non dubiti: l'ho fatto!

SIRELLI   Ah, bene! bene!

SIGNORA CINI   Cose inesplicabili! veramente inconcepibili!

AMALIA   Selvagge addirittura! Ma sai che le tiene chiuse a chiave tutt'e due!

DINA   No, mamma - per la suocera ancora non si sa!

SIGNORA SIRELLI   Ma la moglie, è certo!

SIRELLI   E il Prefetto?

AGAZZI   Sì... Eh... ne è rimasto molto... molto impressionato...

SIRELLI   Ah, meno male!

AGAZZI   Erano arrivate anche a lui delle voci.... Vede anche lui adesso l'opportunità di chiarire questo mistero, di venire a sapere la verità....

LAUDISI   (ride forte) Ah! ah! ah! ah!

AMALIA   Non ci manca proprio, adesso, che la tua risata.

AGAZZI   E perché ride?

SIGNORA SIRELLI   Ma perché dice che non è possibile scoprire la verità!

SCENA QUARTA

CAMERIERE, DETTI *poi la* SIGNORA FROLA

CAMERIERE   (presentandosi sulla soglia dell'uscio e annunziando) Permesso? La Signora Frola.

SIRELLI   Oh! Eccola qua.

AGAZZI   Vedremo adesso se non è possibile!

SIGNORA SIRELLI   Benissimo! Ah, sono proprio contenta!

AMALIA (alzandosi) La facciamo passare?

AGAZZI   No, ti prego, siedi. Aspetta che entri.

Al cameriere

Fa' passare

Il cameriere, via. Entra poco dopo la Signora Frola e tutti si alzano. La Signora Frola è una vecchina linda, modesta, affabilissima, con una grande tristezza negli occhi, ma costantemente smorzata dolce sorriso sulle labbra. La signora Amalia si fa avanti e le porge la mano.

AMALIA   Favorisca, signora

Tenendola per mano, fa le presentazioni:

La Signora Sirelli, mia buona amica. - La signora Cini. - Mio marito. - Il signor Sirelli - La mia figliuola - Mio fratello Lamberto Laudisi. - S'accomodi, signora.

SIGNORA FROLA   Sono dolente e chiedo scusa d'aver mancato fino ad oggi al mio dovere. - Lei, signora, con tanta degnazione mi ha onorata d'una visita, quando toccava a me di venire per la prima.

AMALIA   Tra vicine, signora, non si sta attente a chi tocchi prima. Tanto più che lei, stando qui, sola, forestiera, chi sa, poteva aver bisogno...

SIGNORA FROLA   Grazie, grazie... troppo buona...

SIGNORA SIRELLI   La signora è sola in paese?

SIGNORA FROLA   No, ho una figlia maritata: venuta anche lei che è poco qui.

SIRELLI   Il genero della signora è il nuovo segretario della Prefettura - il signor Ponza, è vero?

SIGNORA FROLA   Appunto, sì. E il signor Consigliere vorrà scusarmi, spero, e scusare anche mio genero....

AGAZZI Per dirle la verità, signora, io mi sono avuto un po' a male -

SIGNORA FROLA *(interrompendo)* Ha ragione, ha ragione! Ma lei deve scusarlo! Siamo ancora tutti così scombussolati, creda, dalla nostra disgrazia.

AMALIA Ah, già.... loro ebbero quel gran disastro....

SIGNORA SIRELLI Hanno perduto parenti?

SIGNORA FROLA Oh, tutti... - Tutti, signora mia. Del nostro paesello non è rimasto niente, altro che mucchio di rovine....

SIRELLI Già.... s'è saputo.....

SIGNORA FROLA Io non avevo più che una sorella, con una figliuola anche lei, ma nubile. Per il mio povero genero la sciagura fu assai più grave. La madre, due fratelli, una sorella, e poi cognato, cognate, due nipotini.

SIRELLI Un'ecatombe!...

SIGNORA FROLA E sono sciagure per tutta la vita! Si resta come stordite!...

AMALIA Oh certo !

SIGNORA SIRELLI Da un momento all'altro.... C'è da impazzire!

SIGNORA FROLA Non si pensa più a nulla. Si manca senza volerlo, signor Consigliere.

AGAZZI Oh basta - prego, signora....

AMALIA Anche in considerazione di questa sciagura, io e la mia figliuola eravamo venute per le prime.

SIGNORA SIRELLI *(friggendo)* Già.... sapendo così sola la signora! - Benché.... - mi perdoni, signora, se oso domandarle come va che, avendo qua la figliuola, dopo una sciagura come questa, che... mi sembra... dovrebbe far nascere nei superstiti il bisogno di star tutti uniti -

SIGNORA FROLA Io me ne stia così sola, è vero?

SIRELLI Già, ecco, pare strano, per essere sinceri.

SIGNORA FROLA Eh, lo capisco... Ma... sa, io son d'avviso che, quando un figliuolo o una figliuola sposano, si debbano lasciare in libertà....

LAUDISI Benissimo! Giustissimo! A farsi la loro vita, che dev'essere per forza un'altra, nelle nuove relazioni con la moglie o col marito.

16

SIGNORA SIRELLI   Ma non fino al punto, scusi Laudisi, da escludere dalla propria vita quella della madre!

LAUDISI   Che c'entra escludere? Qui si tratta - se ho inteso bene - della madre che comprende che la figliuola non può e non deve rimanere legata a lei come prima, avendo ora un'altra vita per sé.

SIGNORA FROLA   (*con viva riconoscenza*) Ecco, sì .... sì, grazie! È proprio così, signore!

SIGNORA CINI   Ma la sua figliuola, certamente, m'immagino, verrà, verrà qui spesso a tenerle compagnia.

SIGNORA FROLA   (*tra le spine*) Già...sì...ci vediamo, certo...

SIRELLI   (*subito*) Non esce mai di casa, però, la sua figliuola! Almeno, nessuno l'ha mai veduta!

SIGNORA CINI   Avrà forse dei piccini, a cui badare....

SIGNORA FROLA   (*subito*) No, nessun figliuolo, ancora. E forse, ormai, non ne avrà più. Sono già sette anni che è sposata. Ha da fare, in casa, certo....- Ma non è per questo... Noi sa? - noi donne - siamo abituate, nei piccoli paesi, a star sempre in casa.

AGAZZI   Anche quando c'è la mamma da andare a vedere? la mamma che non sta più con noi?

AMALIA   Ma la signora andrà lei a vedere la figliuola!

SIGNORA FROLA   (*subito*).Ah, certo! Come no? Una o due volte al giorno ci vado....

SIRELLI   E sale, una, due volte al giorno, tutte quelle scale, fino all'ultimo piano di quel casone?

SIGNORA FROLA   (*smorendo, tentando ancora di volgere in riso il supplizio di quest'interrogatorio*) Eh.... no.... non salgo, veramente.... Ha ragione, signore: sarebbero troppe per me.... Non salgo.... La mia figliuola s'affaccia dalla parte del cortile e... e ci vediamo, ci parliamo....

SIGNORA SIRELLI   Cosi soltanto? Oh! Non la vede mai da vicino?

DINA   Io figlia, non pretenderei che mia madre salisse per me ogni giorno novanta, cento scalini; ma non potrei resistere, non potrei contentarmi di vederla, di parlarle così, da lontano, dall'alto, senza abbracciarla, senza sentirmela vicina....

SIGNORA FROLA   (*vivamente turbata, imbarazzata*) Ha ragione.... Eh sì.... ecco.... bisogna che io dica.... Non vorrei che loro pensassero della mia figliuola ciò che non è; che abbia per me poco affetto, poca considerazione.... E anche di me che sono la mamma... Novanta, cento scalini non possono essere impedimento a una madre, sia pur vecchia e stanca, quando si tratti di stringersi al cuore la propria figliuola?

SIGNORA SIRELLI   (*trionfante*) Ah, ecco! Lo dicevamo noi, signora! Ci dev'essere una ragione!

AMALIA (*con intenzione*) C'è, vedi, Lamberto? c'è una ragione!

SIRELLI   (*pronto*) Suo genero, eh?

SIGNORA FROLA   Oh, ma per carità, non pensino male di lui! È un così bravo giovine! Buono, buono... Lor signori non possono immaginarsi quanto sia buono! Che affetto tenero e delicato, pieno di premure, abbia per me! E non dico l'amore e le cure che ha per la mia figliuola. Ah, credano, che non avrei potuto desiderare per lei un marito migliore!

SIGNORA SIRELLI   Ma... allora?...

SIGNORA CINI   Non sarà lui, allora, la ragione!

AGAZZI   Ma certo! Non mi sembra almeno possibile ch'egli proibisca alla moglie di andare a trovar la madre, o alla madre di salire in casa per stare un po' insieme con la figliuola!

SIGNORA FROLA   Proibire, no! Chi ha detto proibire? Siamo noi, signor Consigliere, io e mia figlia che ce ne asteniamo, spontaneamente, creda, per un riguardo a lui.

AGAZZI   E come, scusi, di che potrebbe offendersi lui? Non vedo....

SIGNORA FROLA   Non offendersi, signor Consigliere.... È un sentimento... - un sentimento, signore mie, difficile forse a intendere..... Quando si sia inteso, però, non più difficile - credano - a compatire, quantunque importi senza dubbio un sacrifizio non lieve, tanto a me, quanto alla mia figliuola....

AGAZZI   Riconoscerà almeno che è strano, signora....

SIRELLI   Già.... e tale da suscitare e da legittimare la curiosità.

AGAZZI   Ma anche, diciamo, qualche sospetto....

SIGNORA FROLA   Contro di lui? No, per carità, non dica! Che sospetto, signor Consigliere?

AGAZZI   Nessuno! Non si turbi.... Dico che si potrebbe sospettare....

SIGNORA FROLA   No, no! E di che? Se il nostro accordo è perfetto! Siamo contente, contentissime, tanto io, quanto la mia figliuola.

SIGNORA SIRELLI   Ma è gelosia forse?

SIGNORA FROLA   Per la madre? Gelosia? Non credo che si possa chiamare così.... benché, non saprei, veramente.... Ecco: egli vuole tutto, tutto per sé, assolutamente, il cuore della moglie, fino al punto che anche l'amore che la mia figliuola deve avere per la sua mamma (e l'ammette, come no? altro!) ma vuole che mi arrivi attraverso lui, per mezzo di lui, ecco!

AGAZZI   Oh! Ma scusi! Mi sembra una crudeltà bella e buona, codesta!

SIGNORA FROLA   No, no.... non crudeltà.... non dica crudeltà, signor Consigliere! È un'altra cosa, creda! Non riesco a esprimermi... - Natura, ecco.... ma no... forse, una specie di malattia, come dire? È una pienezza di amore - chiusa - ecco! una totalità esclusiva d'amore, nella quale la moglie deve vivere, senza mai uscirne, e nella quale nessun altro deve entrare!

DINA   Neppure la madre?

SIRELLI   Un bell'egoismo, direi!

SIGNORA FROLA   Forse. Ma un egoismo che si dà tutto, come un mondo, alla propria donna! - Egoismo, in fondo, sarebbe forse il mio, a voler forzare questo mondo chiuso d'amore, a volermici per forza introdurre, quando so che la mia figliuola è felice; così adorata.... Questo a una madre, signore mie, deve bastare, non è vero? - Del resto, se io la vedo la mia figliuola e le parlo...

con graziosa mossa confidenziale:

Il panierino che vado a tirare là nel cortile, porta su e giù, sempre, due paroline di lettera, con le notizie della giornata.... - Mi basta questo. - E ormai, già mi sono abituata.... Rassegnata, là.... se vogliono.... Non ne soffro più.

AMALIA   Eh.... dopo tutto.... se son contente loro....

SIGNORA FROLA   (*alzandosi*) Oh, sì! gliel'ho detto.... Perché è tanto buono - credano! Come non potrebbe essere di più! - Abbiamo ognuno le nostre debolezze, è vero? e bisogna che ce le compatiamo a vicenda.

Saluta la signora Amalia.

Signora....

Saluta le signore Sirelli e Cini, poi Dina; poi rivolgendosi al Consigliere Agazzi:

Mi avrà scusato...

AGAZZI Oh, signora, che dice! Le siamo gratissimi della visita....

SIGNORA FROLA (*stringe la mano a Sirelli e a Laudisi, poi volgendosi alla signora Amalia*) No prego... stia, stia, signora...non s'incomodi...

AMALIA Ma no, è mio dovere, signora.

La Signora Frola esce, accompagnata dalla signora

Amalia, che rientra poco dopo.

SIRELLI Ma che! ma che! Vi siete contentati della spiegazione?

AGAZZI Ma che spiegazione? dove? Qua ci deve esser sotto chi sa che mistero!

SIGNORA SIRELLI E chi sa cosa deve soffrire quel povero cuore di madre!

DINA Ma anche la figliuola, Dio mio!

SIGNORA CINI Le lagrime le tremavano nella voce !

AMALIA Già! quando ha detto che altro che cento scalini salirebbe, pur di stringersi al cuore la figliuola!

LAUDISI Io per me ho notato soprattutto un impegno, uno studio di guardare da ogni sospetto il genero!

SIGNORA SIRELLI Ma che! Dio mio, ma se non sapeva neanche come scusarlo!

SIRELLI Ma che scusare! la violenza? la barbarie?

SCENA QUINTA

CAMERIERE, DETTI *poi il* SIGNOR PONZA

CAMERIERE (*presentandosi sulla soglia*) Signor Commendatore, c'è il signor Ponza che chiede d'essere ricevuto.

SIGNORA SIRELLI Oh! Lui!

Sorpresa generale e movimento di curiosità ansiosa, anzi quasi di sbigottimento.

AGAZZI Ha chiesto di me?

CAMERIERE D'esser ricevuto - ha detto soltanto così.

SIGNORA SIRELLI Per carità, lo riceva qua, Commendatore! - Ho quasi paura; ma una grande curiosità di vederlo davvicino, questo mostro!

AMALIA Ma che vorrà?

AGAZZI Sentiremo.

Al cameriere

Fallo passare.

Il cameriere s'inchina, e via. Entra poco dopo il signor Ponza. Tozzo, bruno, dall'aspetto quasi truce, tutto vestito di nero, capelli neri, fitti, fronte bassa, grossi mustacchi neri da questurino; stringe continuamente le pugna e parla con sforzo, anzi con violenza a stento contenuta. Di tratto in tratto si asciuga il sudore con un fazzoletto listato di nero. Gli occhi, parlando, gli restano costantemente duri, fissi, tetri.

AGAZZI Venga, venga avanti, signor Ponza!

Il segretario signor Ponza: la mia signora - la signora Sirelli - la signora Cini - la mia figliuola - il signor Sirelli - Laudisi, mio cognato. - S'accomodi.

PONZA   Grazie. Un momento solo, e tolgo l'incomodo.

AGAZZI   Vuol parlare da solo con me?

PONZA   Posso... posso anche davanti a tutti.... - Anzi... - È...è una dichiarazione doverosa, da parte mia....

AGAZZI   Oh, ma se è per la visita della sua signora suocera, può farne a meno, sa? Perché....

PONZA   Non è per questo, signor Commendatore. Tengo anzi a dichiarare che la Signora Frola, mia suocera, sarebbe venuta senza dubbio prima che la sua signora e la signorina avessero la bontà di degnarla d'una loro visita, se io non avessi fatto di tutto per impedirglielo, non potendo assolutamente tollerare che ella faccia visite o ne riceva.

AGAZZI   (*con fiero risentimento*) Ma perché, scusi?

PONZA   (*alterandosi sempre più, non ostante gli sforzi per contenersi*) Mia suocera avrà parlato a lor signori della sua figliuola, è vero? Avrà detto loro che io le proibisco di vederla, di salire in casa mia?

AMALIA   Ma no, creda! La signora è stata piena di riguardo e di bontà per lei!

DINA   Non ha detto di lei altro che bene!

AGAZZI   E che s'astiene lei, di salire in casa dalla figliuola, per un riguardo a un suo sentimento, che noi francamente le diciamo di non comprendere....

SIGNORA SIRELLI   Anzi, se dovessimo dire proprio ciò che ne pensiamo...

AGAZZI   Ma sì, ci è parsa una crudeltà, ecco! una vera crudeltà!

PONZA   Sono qua appunto per chiarir questo, signor Commendatore. La condizione di questa donna è pietosissima. Ma non meno pietosa è la mia, anche per il fatto che mi obbliga a scusarmi.... a far qui davanti a loro una dichiarazione, che soltanto...soltanto una violenza come questa poteva costringermi a fare.

Si ferma un momento a guardare tutti, poi dice lento e staccato:

La signora Frola è pazza.

TUTTI Pazza?

PONZA Da quattro anni.

SIGNORA SIRELLI Oh Dio, ma non pare affatto!

AGAZZI Come, pazza?

PONZA Non pare, ma è pazza. E la sua pazzia consiste appunto nel credere che io non voglia farle vedere la figliuola.

Con orgasmo d'atroce e quasi feroce commozione

Quale figliuola, in nome di Dio, se è morta da quattro anni la sua figliuola?

TUTTI (*trasecolati*) Morta? - Oh!... - Come? - Morta?

PONZA Da quattro anni. È impazzita proprio per questo.

SIRELLI Ma dunque, quella che lei ha con sé....

PONZA L'ho sposata da due anni. È la mia seconda moglie.

AMALIA E la signora crede che sia ancora la sua figliuola?

PONZA È stata, se così può dirsi, la sua fortuna. Quando, dalla finestra della stanza dove la tenevano custodita, mi vide passare per via, la prima volta, con questa mia seconda moglie, si mise improvvisamente a ridere, a piangere, a tremar tutta di felicità: volle rivedere la sua figliuola, viva, in questa mia seconda moglie, e scampò dallo stato di tetra disperazione in cui era prima caduta in quest'altra forma di pazzia, lucida, che consiste appunto nel credere che non è vero che la sua figliuola è morta , ma che sono io che voglio tenermela tutta per me e non voglio più fargliela vedere. Si rianimò tutta; si calmò d'un tratto; è quasi come guarita.... - tanto che - lor signori l'hanno veduta, l'hanno sentita parlare - non sembra affatto.

AMALIA Affatto! Affatto!

SIGNORA SIRELLI Dice che è contenta così....

PONZA Lo dice a tutti. E è per me, veramente, piena di affetto e gratitudine.... Perché credano che io faccio di tutto per assecondare, anche a costo di gravi sacrifizii, questa pietosa follìa..... Mi tocca tener due case; obbligo mia moglie, che per fortuna si presta caritatevolmente, a secondare anche lei la follia..... S'affaccia alla finestra, le parla, le

23

scrive.... - Ma, carità, ecco, dovere.... fino a un certo punto, signori! Non posso costringere mia moglie a convivere con lei.... Intanto è come in carcere, quella disgraziata, chiusa a chiave, per paura che ella le entri in casa. È tranquilla, sì, e così mite, d'indole.... - ma, capiranno.... farebbero raccapriccio a mia moglie le carezze.... sarebbero anche uno strazio....

AMALIA Ah, certo.... povera signora, immaginiamoci!

SIGNORA SIRELLI È dunque lei, la signora, che vuol essere chiusa a chiave....?

PONZA Signor Commendatore, intenderà che io non potevo permettere, se non forzato, questa visita.

AGAZZI Ah, intendo ora perfettamente, e mi spiego tutto!

PONZA Chi ha una sventura come questa, deve starsene appartato. Costretto a far venire qua mia suocera, era mio obbligo fare innanzi a loro questa dichiarazione, non potendo, da pubblico funzionario, per rispetto al posto che occupo, permettere che si creda di me, in paese, una cosa così disumana: che io, cioè, per gelosia o per altro, impedisca a una povera madre di veder la propria figliuola.

Si alza.

Chiedo scusa alle signore d'averle involontariamente turbate....

S'inchina.

Signor Commendatore!

S'inchina. Davanti a Laudisi e Sirelli chinando il capo:

Signori....

S'inchina e via per l'uscio comune.

AMALIA (*sbalordita*) Uh.... è pazza, dunque !

SIGNORA SIRELLI Povera signora! Pazza....

DINA Ecco la ragione, dunque.... Non poteva spiegarsi altrimenti!

SIGNORA CINI Ma chi l'avrebbe mai pensato!

AGAZZI Eppure... eh! dal modo come parlava....

LAUDISI Tu avevi già capito?

AGAZZI No... ma, certo che... non sapeva lei stessa come dire....

SIGNORA SIRELLI Sfido, poverina.... non ragiona!

SIRELLI Però, scusate.... è strano, per una pazza.... - (non ragionava, certo!) - Ma questo cercar di farsi una ragione per cui il genero le impedisce di veder la figliuola.... scusarlo.... adattarsi a queste scuse trovate da lei stessa....

AGAZZI Già, ma è appunto questa la prova che è pazza! In questo scusare il genero.... che poi non lo scusava affatto....

AMALIA Sì! diceva e non diceva....

AGAZZI Precisamente! Se non fosse pazza, scusa, potrebbe accettar quelle scuse, queste condizioni di non veder la figliuola se non da una finestra?

SIRELLI E da pazza le accetta? Vi si rassegna? Eh....mi sembra strano....

A Laudisi.

Tu che ne dici?

LAUDISI Io? Niente!

SCENA SESTA

CAMERIERE, DETTI, *poi la* SIGNORA FROLA

CAMERIERE   (*picchiando all'uscio e presentandosi sulla soglia, turbato*) Permesso? C'è di nuovo la Signora Frola.

AMALIA   (*con sgomento*) Oh Dio, e adesso.... se non possiamo più levarcela d'addosso?....

SIGNORA SIRELLI   Eh, capisco.... a saperla pazza!

SIGNORA CINI   Dio, Dio.... Chi sa che verrà a dire ora?

SIRELLI   Io sarei curioso di sentirla ancora....

DINA   Ma sì, mamma.... Non c'è da aver paura.... è così tranquilla....

AGAZZI   Bisognerà riceverla, certo. Sentiamo che cosa vuole. Nel caso, si provvederà....

Al cameriere.

Fa' passare

Il cameriere si ritira.

AMALIA   Ma ajutatemi per carità.... Io non so più come parlarle adesso....

Entra la Signora Frola La signora Amalia si alza e le viene incontro; gli altri la guardano sgomenti.

SIGNORA FROLA   Permesso?

AMALIA   Venga, venga avanti, signora.... Sono qua ancora le mie stesse amiche....

SIGNORA FROLA   (*con mestissima affabilità, sorridendo*) Che mi guardano... e anche lei, mia buona signora, come una povera pazza, è vero?

AMALIA   No, signora - che dice?

SIGNORA FROLA   Abbiano pazienza un momento (*con profondo rammarico*) Ah, meglio lo sgarbo, signora, di lasciarla dietro la porta, come feci la prima volta! Non avrei mai supposto che lei dovesse ritornare e costringermi a questa visita, di cui purtroppo avevo previsto le conseguenze!

AMALIA   Ma no - perché?

DINA   Quali conseguenze, signora?

SIGNORA FROLA   Non è uscito di qua or ora mio genero?

AGAZZI   Ah, sì.... - Ma è venuto... è venuto, signora, per parlare a me di.... certe cose d'ufficio....

SIGNORA FROLA   (*ferita, costernata*) Eh.... codesta pietosa bugia che ella mi dice per tranquillarmi....

AGAZZI   No no, signora, stia sicura.... le dico la verità....

SIGNORA FROLA   (*ferita, costernata*) Era calmo, almeno? Ha parlato calmo ?

AGAZZI   Ma sì, calmo, calmissimo - è vero?

Tutti annuiscono, confermano.

SIGNORA FROLA   Oh Dio, signori, loro credono di rassicurare me, mentre vorrei io, al contrario, rassicurar loro sul conto di lui!

SIGNORA SIRELLI   E su che cosa, signora? Ma no, creda....

AGAZZI   Se ha parlato con me di cose d'ufficio....

SIGNORA FROLA   Ma io vedo come mi guardano.... Abbiano pazienza! Non si tratta di me! - Dal modo come mi guardano, m'accorgo ch'egli è venuto qua a dar prova di ciò che io per tutto l'oro del mondo non avrei mai rivelato! Mi sono tutti testimonii che poc'anzi io qua, alle loro domande che - credano - sono state per me molto crudeli, non ho saputo come rispondere.... ho dato loro di questo nostro modo di vivere una spiegazione che non può soddisfare nessuno, lo so! Ma potevo dirne loro la vera ragione? O potevo dir loro - come va dicendo lui - che la mia figliuola è morta da quattr'anni e che io sono una povera pazza che la crede ancora viva e che lui non me la vuol far vedere?

AGAZZI   (*stordito dal profondo accento di sincerità con cui la signora Frola ha parlato*) Ah... ma come? La sua figliuola?

SIGNORA FROLA   (*subito, con ansia costernata*) Vedono che è vero? Perché vogliono negarlo? Ha detto loro così, è vero?

SIRELLI   (*esitando, ma studiandola*) Sì.... difatti.... ha detto....

SIGNORA FROLA   Ma lo so! E so quale turbamento gli cagiona il vedersi costretto a dir questo di me! - È una disgrazia, signor Consigliere, che con tanti stenti, attraverso tanti palpiti e tanti dolori, s'è potuta superare - ma così, a patto di vivere come viviamo.... Purtroppo, capisco, deve dar nell'occhio alla gente, provocare scandalo, sospetti.... Ma d'altra parte, se lui è un ottimo impiegato, zelante, scrupoloso.... Lei lo avrà già sperimentato, certo....

AGAZZI   No.... per dir la verità, ancora....

SIGNORA FROLA   Per carità non creda alle apparenze! - È ottimo - lo hanno dichiarato tutti i suoi superiori! E perché si deve allora tormentarlo con questa indagine della sua vita familiare, della sua disgrazia - ripeto - già superata e che - a rivelarla - potrebbe comprometterlo nella carriera?

AGAZZI   Ma no, signora, non s'affigga così.... Nessuno vuol tormentarlo.... Che compromissione?

SIGNORA FROLA   Dio mio, come vuole che non m'affligga nel vederlo costretto a dare a tutti una spiegazione.... assurda, via, inverosimile.... Possono loro credere sul serio che la mia figliuola è morta? che io sia pazza? che questa che ha con sé è una seconda moglie? - Ma è un bisogno, credano.... è un bisogno per lui! - Gli s'è potuto ridar la calma, la fiducia, solo a questo patto. Si eccita solo, si sconvolge tutto, quando è costretto a parlarne, perché sente lui stesso la violenza che fa, a dir certe cose - lo avranno veduto....

AGAZZI   Sì, difatti... difatti era eccitato....

SIGNORA SIRELLI   O Dio, ma come?... ma allora - è lui?

SIRELLI   Ma sì, che dev'esser lui!

Trionfante:

Signori, io ve l'ho detto!

AGAZZI Ma via! Possibile?

Agitazione in tutti gli altri.

SIGNORA FROLA (*subito, giungendo le mani*) No, per carità, signori! Che credono? È solo questo tasto che non gli dev'esser toccato! Ma scusino, lascerei io forse la mia figliuola così sola con lui, chiusa?.... Ma poi la prova è lì, all'ufficio, dove adempie a tutti i suoi doveri come meglio non si potrebbe!

AGAZZI Ah, ma bisogna che lei ci spieghi, signora! Possibile che suo genero sia venuto qua a inventarci tutta una storia?

SIGNORA FROLA Sissignore, sì, ecco, spiegherò loro tutto! Ma bisogna compatirlo, signor Consigliere!

AGAZZI Ma come? Non è vero niente che la sua figliuola è morta?

SIGNORA FROLA Oh no! Dio liberi!

AGAZZI Ma allora il pazzo è lui!

SIGNORA FROLA No, no... guardi...

SIRELLI Ma sì, perdio, dev'esser lui!

SIGNORA FROLA No, guardino.... guardino.... Non è neanche lui!... Mi lascino dire.... Lo hanno veduto - è così forte di complessione.... violento... Sposando, fu preso da una vera frenesia d'amore.... Rischiò di distruggere, quasi, la mia figliuola, ch'era delicatina.... Per consiglio dei medici e di tutti i parenti - anche dei suoi (che ora poverini non ci sono più!) - gli si dovette sottrarre la moglie di nascosto, per chiuderla in una casa di salute. E allora lui, già un po' alterato, naturalmente, a causa di quel suo..... soverchio amore - non trovandosela più in casa.... - ah, signore mie.... cadde in una disperazione furiosa.... credette davvero che la moglie fosse morta, non volle sentir più niente, si volle vestir di nero; fece tante pazzie; e non ci fu verso di smuoverlo più da quest'idea. Tanto che - quando, dopo appena un anno, la mia figliuola, già rimessa, rifiorita, gli fu ripresentata - disse di no, che non era più lei, no, no.... la guardava.... ma no, no.... non era, non era più lei.... Signore mie, uno strazio.... le si accostava.... pareva che la riconoscesse.... e poi di nuovo, no, no.... E per fargliela riprendere, con l'ajuto degli amici, si dovette simulare un secondo matrimonio....

SIGNORA SIRELLI Ah, dice dunque per questo che...?

SIGNORA FROLA   Sì; ma non ci crede più, certo, da un pezzo, neanche lui! Ha bisogno di darlo a intendere agli altri; non può farne a meno! Per star sicuro, capiscono? Perché forse, di tanto in tanto, gli balena ancora la paura che la mogliettina gli possa essere di nuovo sottratta.

A bassa voce, sorridendo confidenzialmente.

Se la tiene chiusa a chiave, perciò - tutta per sé. Ma l'adora!... Sono sicura, e la mia figliuola è contenta.

Si alza.

Me ne scappo, perché non vorrei che tornasse subito da me, se è così eccitato....

Sospira dolcemente, scotendo le mani giunte.

Ci vuol pazienza.... Quella poverina deve fingere di non esser lei, ma un'altra.... e io.... eh! io - d'esser pazza, signore mie! Ma come si fa? Purché stia tranquillo lui.... Non s'incomodino, prego, so la via.... Riverisco, signori, riverisco....

Salutando e inchinandosi si ritira in fretta, per l'uscio comune. Restano tutti, sbalorditi, come basiti. Silenzio.

LAUDISI   (*facendosi in mezzo*) Vi guardate tutti negli occhi? Eh! La verità?

Scoppia a ridere forte.

Ah! ah! ah! ah!

Tela

ATTO SECONDO

Studio in casa del Consigliere Agazzi. - Mobili antichi; vecchi quadri alle pareti; uscio in fondo, con tenda; uscio laterale a sinistra, che dà nel salotto, anch'esso con tenda; a destra, un ampio camino, su la cui mensola poggia un grande specchio; su la scrivania, apparecchio telefonico; canapè, poltrone, seggiole, ecc.

SCENA PRIMA

AGAZZI, LAUDISI, SIRELLI

Agazzi è in piedi presso la scrivania, col ricevitore dell'apparecchio telefonico all'orecchio. Laudisi e Sirelli, seduti, guardano verso di lui, in attesa.

AGAZZI   Pronto!... - Sì.... Parlo con Centuri?... Ebbene?... Sì, bravo....

Ascolta a lungo, poi.

Ma come, scusi? è possibile?

Ascolta di nuovo a lungo, poi.

Lo capisco, ma mettendocisi con un po' d'impegno!...

Altra pausa lunga, poi.

È proprio strano, scusi, che non si possa....

Pausa.

Capisco, sì.... capisco....

Pausa.

Basta, veda un po'.... A rivederla....

Posa il ricevitore, e viene avanti.

SIRELLI (*ansioso*) Ebbene?

AGAZZI Niente.

SIRELLI Non si trova niente?

AGAZZI Tutto disperso, tutto distrutto.... Municipio.... archivio.... stato civile....

SIRELLI Ma la testimonianza almeno di qualche superstite?...

AGAZZI Niente.... Dice che non si ha notizia di superstiti, se pure ce ne sono.... Ricerche difficilissime!

SIRELLI Cosicché non ci resta che o da credere all'uno o da credere all'altra - senza prove?

AGAZZI Purtroppo!

LAUDISI (*alzandosi*) Volete seguire il mio consiglio? Credete a tutti e due!

AGAZZI Ma come! che dici?

SIRELLI Se una dice una cosa e l'altro ne dice un'altra!

LAUDISI E allora, non credete a nessuno dei due!

SIRELLI   Tu vuoi scherzare. Mancano le prove, i dati di fatto; ma la verità, perdio, sarà da una parte o dall'altra!

LAUDISI   I dati di fatto.... già! Che vorresti desumerne?

AGAZZI   Ma scusa! Purtroppo non c'è più - ma c'era - se la signora Frola è lei la pazza - c'era, doveva esserci, si potrà trovare domani l'atto di morte della figliuola. - Oppure, non c'è e non si potrà trovare perché non c'è stato mai - e allora il pazzo è lui, il signor Ponza suo genero!

SIRELLI   Potresti negar l'evidenza, se domani quest'atto ti venisse presentato?

LAUDISI   Io? Ma non nego nulla io! Me ne guardo bene! Siete voi che avete bisogno dei dati di fatto, dei documenti, per affermare o per negare! Io non so che farmene, perché per me la realtà non consiste in essi, ma nell'animo di quei due, in cui non posso entrare, se non per quel tanto che essi me ne dicono.

SIRELLI   Benissimo! E non dicono appunto che uno dei due è pazzo? - O pazza lei, o pazzo lui - di qui non si scappa! Quale dei due?

AGAZZI   È qui la questione!

LAUDISI   Prima di tutto, non è vero che lo dicano entrambi. Lo dice lui, il signor Ponza, di sua suocera. La signora Frola lo nega, non soltanto per sé, ma anche per lui. Se mai, lui - dice - *fu* un po' alterato di mente per soverchio amore. Ma ora, sano, sanissimo....

SIRELLI   Ah dunque tu propendi, come me, verso ciò che dice lei, la suocera?

AGAZZI   Certo che, stando a ciò che dice lei, si può spiegar tutto.... LAUDISI   Ma si può spiegar tutto ugualmente, stando a ciò che dice lui, il genero!...

SIRELLI   E allora - pazzo - nessuno dei due? Ma uno dev'essere, perdio!

LAUDISI   E quale? Non potete dirlo voi, né può dirlo nessuno! E non già perché codesti dati di fatto, che andate cercando, siano stati annullati da un accidente qualsiasi - un incendio, un terremoto -; ma perché li hanno annullati essi in sé, nell'animo loro, volete capirlo? - creando lei a lui, o lui a lei, un fantasma che ha la stessa consistenza della realtà, dov'essi vivono perfettamente, di pieno accordo! E non potrà essere distrutta, quella loro realtà, da nessun documento, poiché essi ci respirano dentro, la vedono, la sentono, la toccano! - Al più, per voi potrebbe servire il documento, per togliervi voi una sciocca curiosità. Vi manca, ed eccovi dannati al meraviglioso supplizio d'aver davanti, accanto, qua il fantasma e qua la realtà, e di non poter distinguere l'uno dall'altra!

AGAZZI   Filosofia, caro, filosofia! - Lo vedremo, lo vedremo adesso se non sarà possibile!

SIRELLI   Abbiamo inteso prima l'uno, poi l'altra; mettendoli insieme, ora, di fronte, vuoi che non si scopra dove sia il fantasma, dove la realtà?

LAUDISI   Io vi chiedo licenza di seguitare a ridere alla fine.

AGAZZI   Va bene, va bene; vedremo chi riderà meglio alla fine. Non perdiamo tempo!

Si fa all'uscio a sinistra e chiama.

Amalia! Signora! Venite, venite qua!

SCENA SECONDA

SIGNORA AMALIA, SIGNORA SIRELLI, DINA, DETTI.

SIGNORA SIRELLI   (*a Laudisi, minacciandolo con un dito*) Ancora? ancora, lei?

SIRELLI   È incorreggibile !

SIGNORA SIRELLI   Ma come non si lascia prendere dalla smania, dall'ossessione che è in tutti ormai, di strappare questo mistero che rischia di fare impazzire tutti quanti? - Io non ci ho dormito stanotte!

AGAZZI   Per carità, signora, lo lasci stare!

LAUDISI   Dia retta a mio cognato piuttosto, che le prepara il sonno per questa notte.

AGAZZI   Dunque. Stabiliamo. Ecco. Voi andate dalla signora Frola....

AMALIA   E saremo ricevute?

AGAZZI   Oh Dio, direi....

DINA   Restituiamo la visita....

AMALIA   Ma se lui non vuol permettere che la signora ne faccia e ne riceva?

SIRELLI   Prima sì.... perché ancora non si sapeva niente. Ma ormai che la signora, costretta, ha parlato, spiegando a modo suo la ragione del suo ritegno....

SIGNORA SIRELLI   Forse avrà piacere, anzi, di parlarci della figliuola....

DINA   È così affabile! - Ah, per me non c è dubbio, sapete : il pazzo è lui !

AGAZZI   Non precipitiamo il giudizio. - Dunque, statemi a sentire.

Guarda l'orologio.

Vi tratterrete poco, un quarto d'ora, non più.

SIRELLI   (*alla moglie*) Per carità, sta' attenta!

SIGNORA SIRELLI   E perché dici a me?

SIRELLI   Se ti metti a parlare....

DINA   (*per prevenire una lite fra i due*) Un quarto d'ora, un quarto d'ora; starò attenta io.

AGAZZI   Io arrivo alla Prefettura, e sarò qui di ritorno alle undici. Fra una ventina di minuti.

SIRELLI   E io?

AGAZZI   Aspetta.

Alle donne.

Con una scusa, un poco prima, voi indurrete la signora Frola a venire qua.

AMALIA   E che.... che scusa?

AGAZZI   Una scusa qualunque! La troverete conversando.... Manca a voi? C'è Dina, c'è la signora.... - Entrerete, s intende, nel salotto.

Si reca all'uscio a sinistra e lo apre bene, scostando la tenda .

Quest'uscio deve restare così - bene aperto - così! per modo che di qua vi si senta parlare. - Io lascio sulla scrivania queste carte, che dovrei portare con me. È una pratica d'ufficio preparata apposta per il signor Ponza. Fingo di scordarmela, e con questo pretesto me lo conduco qua. Allora...

SIRELLI   Scusa, ma io quando devo venire?

AGAZZI   Qualche minuto dopo le undici, tu - quando già le signore saranno nel salotto, e io qua con lui. Vieni per prendere la tua signora. Ti fai introdurre da me. Io allora le inviterò tutte a favorire qua da noi ....

LAUDISI   (*subito*) E la verità sarà scoperta!

DINA   Ma scusa, zietto, quando saranno tutt'e due di fronte....

AGAZZI   Non gli date retta! Andate, andate.... Non c'è tempo da perdere!

SIGNORA SIRELLI   Andiamo, sì, andiamo. Io neanche lo saluto!

LAUDISI   Ecco, mi saluto per lei, signora!

Si stringe una mano con l'altra.

Buona fortuna!

Via Amalia, Dina e la Signora Sirelli.

AGAZZI   (*a Sirelli*) Andiamo anche noi, eh? Subito....

SIRELLI   Sì, andiamo. Addio, Lamberto.

LAUDISI   Addio, addio....

Agazzi e Sirelli, via.

SCENA TERZA

LAUDISI *solo, poi il* CAMERIERE

LAUDISI   (*Va un po' in giro per lo studio, sogghignando tra sé e tentennando il capo; poi si ferma davanti al grande specchio su la mensola del camino, guarda la propria immagine e parla con essa*) Eccoti qua....

La saluta con due dita, strizzando furbescamente un occhio, e sghigna.

Eh caro.... Chi è il pazzo di noi due?

Alza una mano con l'indice appuntato contro la sua immagine che, a sua volta, appunta l'indice contro di lui. Sghigna ancora, poi.

Eh, lo so: io dico: tu - e tu dici: io! - Tu! tu! - E già, io...- Va' là, che così a tu per tu, ci conosciamo bene noi due! - Il guajo è che come ti vedo io, non ti vedono gli altri! E allora, caro mio, che diventi tu? Dico per me che, qua di fronte a te, mi vedo e mi tocco - tu, per come ti vedono gli altri - che diventi? - Un fantasma, caro, un fantasma! - Eppure, vedi questi pazzi? Senza badare al fantasma che portano con sé, in sé stessi, vanno correndo, pieni di curiosità, dietro il fantasma altrui! E credono che sia una cosa diversa....

Il cameriere, entrato, resta sbalordito a sentir le ultime parole del Laudisi allo specchio. Poi chiama

CAMERIERE   Signor Lamberto....

LAUDISI   Eh?

CAMERIERE   Ci sono due signore. La signora Cini e un'altra....

LAUDISI   Vogliono me?

CAMERIERE   Hanno chiesto della signora. Ho detto che si trovava a visita dalla signora qua accanto, e allora....

LAUDISI   Ebbene?

CAMERIERE   Si sono guardate negli occhi, poi hanno detto: - "Ah sì? ah sì?" - e m'hanno domandato, se non c'era proprio nessuno in casa.

LAUDISI   Tu avrai risposto che non c'era nessuno....

CAMERIERE   Ho risposto che c'era lei.

LAUDISI   Io? No. - Quello che conoscono loro, se mai!

CAMERIERE   Come dice?

LAUDISI   Ma scusa, ti pare lo stesso?

CAMERIERE   Non capisco.

LAUDISI   Con chi stai parlando tu?

CAMERIERE   Come.... con chi sto parlando ?.... Con lei....

LAUDISI   E sei proprio sicuro che io sia lo stesso di quello che chiedono codeste signore?

CAMERIERE   Ma.... non saprei.... Hanno detto il fratello della signora....

LAUDISI   Caro! Ah.... - Eh sì, allora sono io, va bene....- Falle entrare, falle entrare....

Il cameriere si ritira

SCENA QUARTA

DETTO *la* SIGNORA CINI, *la* SIGNORA NENNI.

SIGNORA CINI   Permesso?

LAUDISI   Avanti, avanti, signora....

SIGNORA CINI   M'hanno detto che la signora non c'è. Io avevo portato con me la mia amica signora Nenni

La presenta: è una vecchia più goffa e smorfiosa di lei, piena anch'essa di cupida curiosità, ma guardinga, sgomenta:

che aveva tanto desiderio di conoscere la signora....

LAUDISI   (*subito*) Frola?

SIGNORA CINI   No, sua sorella!

LAUDISI   Oh, verrà, sarà qui tra poco. Anche la signora Frola. S'accomodino, prego. C'è anche la signora Sirelli.

SIGNORA CINI   Già lo sapevamo....

LAUDISI   Tutto concertato. Sarà una scena interessantissima. Tra poco, alle undici. Sì.

SIGNORA CINI   Hanno concertato.... che cosa?

LAUDISI   (*misterioso, prima con un gesto delle dita, poi, con la voce*) L'incontro.

Gesto d'ammirazione, poi:

Un'idea grande!

SIGNORA CINI   Che... che incontro?

LAUDISI   Dei due. Prima, lui qua.

SIGNORA CINI   Il signor Ponza?

LAUDISI   E lei là....

Indica il salotto.

39

SIGNORA CINI   La signora Frola?

LAUDISI   Sissignora.

Daccapo, prima con un gesto espressivo della mano, poi con la voce.

Ma poi, tutti qua. Un'idea grande!

SIGNORA CINI   Per venire a scoprire....

LAUDISI   (*subito*) La verità! Ma già s'è scoperta, sa? Si tratta adesso di smascherarla.

SIGNORA CINI   (*con sorpresa e vivissima ansia*) Ah! s'è scoperta? E chi è? Chi è dei due? chi è?

LAUDISI   Vediamo un po'. Indovini. Lei chi dice?

SIGNORA CINI   (*gongolante, esitante*). Ma.... io.... ecco....

LAUDISI   Lei o lui? Non saprebbe? Vediamo.... Coraggio!

SIGNORA CINI   Io... io lui dico....

LAUDISI   (*la guarda un po'. Poi:*) È lui!

SIGNORA CINI   Sì? Ah! Ecco! ecco! Ma sì! Era evidente!

SIGNORA NENNI   Tutte, tutte lo dicevamo, noi donne!

SIGNORA CINI   E come, come s'è scoperto? Son venute fuori prove, è vero? atti....

SIGNORA NENNI   Per mezzo della Prefettura, eh? Lo dicevamo! Non era possibile che non si scoprisse!

LAUDISI   (*fa segno con le mani d'accostarsi di più a lui: poi dice loro piano, con tono di mistero, quasi pesando le sillabe*) L'atto del secondo matrimonio.

SIGNORA CINI   (*stordita, interdetta*) Del secondo?

SIGNORA NENNI   (*stordita, interdetta*) Come, come? Del secondo matrimonio?

SIGNORA CINI   Ma allora.... allora ha ragione lui?

LAUDISI   Eh.... i dati di fatto, signore mie! L'atto del secondo matrimonio - a quanto pare - parla chiaro.

SIGNORA NENNI   Ma allora la pazza è lei!

LAUDISI   E già! Parrebbe lei....

SIGNORA CINI   Ma come? Aveva detto lui!

LAUDISI   Sì. Ma perché l'atto, signora mia, può essere benissimo - come ha assicurato la signora Frola - un atto simulato, messo su con l'ajuto degli amici per secondare in lui la fissazione che la moglie non fosse più quella, ma un'altra.

SIGNORA CINI   Ah, ma allora un atto.... così, senza valore?...

LAUDISI   Cioè, cioè.... Con quel valore, signora, con quel valore che ognuno gli vuol dare! Non ci sono, scusi, anche le letterine che la signora Frola dice di ricevere ogni giorno dalla figliuola per mezzo del panierino, là, nel cortile? Ci sono queste letterine, è vero?

SIGNORA CINI   Sì, ebbene?

LAUDISI   Ebbene: documenti, signora! Documenti, anche queste letterine! Ma secondo il valore che lei vuol dar loro! Viene il signor Ponza e dice che sono finte, fatte per secondare la fissazione della signora Frola.

SIGNORA CINI   Ma, allora, oh Dio! di certo non si sa niente....

LAUDISI   Come niente, come niente, scusi.... non esageriamo! I giorni della settimana, quanti sono? Sette: lunedì, martedì, mercoledì.... E i mesi dell'anno? Dodici: gennajo, febbrajo, marzo....

SIGNORA CINI   Ah, abbiamo capito! Lei vuole scherzare....

SCENA QUINTA

DETTI *e* DINA

DINA   (*sopravviene di corsa dall'uscio in fondo*) Zietto, per favore....

Si arresta vedendo la signora Cini.

Oh, signora, lei qui?...

SIGNORA CINI Sì, ero venuta....

LAUDISI Con la signora Cenni....

SIGNORA NENNI No, Nenni, prego....

LAUDISI Nenni, già.... Che ha tanto desiderio di conoscere la signora Frola.

SIGNORA NENNI Ma, no.... scusi....

SIGNORA CINI Seguita a burlarsi di noi!... Se sapesse, signorina, come ci ha burlate....

DINA È tanto cattivo, in questo momento, anche con tutti noi, sa? Abbiano pazienza un pochino.... Non ho più bisogno di niente. Vado a dire alla mamma che ci sono qua loro e questo basterà.... Ah zio, se la sentissi.... È un tesorino di vecchietta.... come parla!... che bontà!... Ci ha mostrate tutte le letterine della figliuola.

SIGNORA CINI Già.... ma.... se, come ci stava dicendo il signor Laudisi....

DINA E che ne sa lui? Non le ha mica lette lui!

SIGNORA NENNI Non possono esser finte?

DINA Ma che finte! Sono così chiare, evidenti! Può mai ingannarsi una madre su le espressioni della propria figliuola! L'ultima letterina, di jeri....

S'interrompe, udendo nel salotto accanto, attraverso l'uscio rimasto aperto, rumor di voci.

Ah, eccole.... sono qua, sono qua senz'altro!

Va a l'uscio e guarda.

SIGNORA CINI (*correndole appresso*) Con lei? con lei?

DINA Sì, vengano, vengano.... Bisogna che stiamo tutte nel salotto.... Sono già le undici, zio?

SCENA SESTA

DETTI, *la signora* AMALIA

AMALIA   (*sopravvenendo agitata dall'uscio a sinistra*) Se se ne potesse fare a meno! Non c'è più assolutamente bisogno di prove!

DINA   Ma già! Ci pensavo, sì, è inutile!

AMALIA   (*salutando in fretta, costernata, la signora Cini*) Cara signora....

SIGNORA CINI   (*presentando la signora Nenni*) La signora Nenni, ch'era venuta con me ....

AMALIA   (*salutando in fretta, costernata, la signora Nenni*) Piacere, signora....

Poi:

Non c'è più dubbio! È lui!

SIGNORA CINI   È lui, è vero? è lui?

DINA   Perché quest'inganno, alla povera signora?

AMALIA   Un tradimento!

LAUDISI   Ma sì! È indegno, è indegno, avete ragione! Tanto più che comincia a parermi evidente che dev'esser lei!

AMALIA   Lei? Come! Che dici?

LAUDISI   Lei, lei, lei....

AMALIA   Ma va' là! Se tu la sentissi parlare!

DINA   Ne siamo ormai così sicure noi!

SIGNORA CINI e SIGNORA NENNI   (*gongolanti*) Sì? sì, eh?

LAUDISI   Ma appunto perché ne siete così sicure vojaltre: dev'esser lei!

DINA   Andiamo, via, andiamo di là; non lo vedete che lo fa apposta?

AMALIA Andiamo, sì, andiamo, signore....

Davanti all'uscio a sinistra.

Favoriscano, prego....

Via la signora Cini, la signora Nenni, Amalia. Dina fa per uscire anche lei.

LAUDISI (*chiamandola a sé*) Dina!

DINA Non ti voglio dare ascolto! No! no!

LAUDISI Richiudi codesto uscio, se, ormai, la prova è inutile.

DINA E il babbo? L'ha lasciato lui così aperto.... Sta per venire con quell'altro. Se lo trova chiuso.... Sai com'è, il babbo....

LAUDISI Ma lo persuaderete voi.... tu, specialmente....che non ce n'era più bisogno. Non ne sei convinta tu?

DINA Convintissima!

LAUDISI (*con sorriso di sfida*) E chiudi allora!

DINA Tu vorresti pigliarti il piacere di vedermi dubitare ancora. Non chiudo. Ma solo per il babbo.

LAUDISI (*con sorriso di sfida*) Vuoi che chiuda io?

DINA Su la tua responsabilità!

LAUDISI Ma io non ho acquistato come te la certezza che il pazzo sia lui.

DINA E tu vieni; sentila parlare! Vedrai che l'acquisterai anche tu, senza dubbio. Vieni?

LAUDISI Sì, vengo. E posso chiudere, sai? Su la mia responsabilità.

DINA Ah, vedi? Anche prima di sentirla!

LAUDISI   No, cara. Perché son sicuro che tuo padre, a quest'ora, pensa anche lui, come vojaltre, che questa prova è inutile.

DINA   Ne sei sicuro?

LAUDISI   Ma sì! Sta parlando con lui! Avrà acquistato senza dubbio la certezza che la pazza è lei.

S'appressa all'uscio risolutamente.

Chiudo.

DINA   (*subito trattenendolo*) No.

Poi, interdetta:

Scusa.... se pensi così.... lasciamolo aperto....

LAUDISI   (*ride al suo solito*) Ah ah ah.... vedi?

DINA   Io dico per il babbo!

LAUDISI   E il babbo dirà per voi.... Lasciamolo aperto....

Si sente sonare nel salotto accanto, sul pianoforte, un'antica aria piena di dolce e mesta grazia, della Povera Nina *del Pergolesi.*

DINA   Ah, è lei.... senti? suona! suona lei!

LAUDISI   La vecchietta?

DINA   Sì, ci ha detto che la figliuola, prima, la sonava sempre, questa vecchia aria... Senti con quanta dolcezza la suona?... Andiamo, andiamo....

Escono tutt'e due per l'uscio a sinistra.

SCENA SETTIMA

AGAZZI, *il* SIGNOR PONZA, *poi* SIRELLI

La scena, appena usciti Laudisi e Dina, resta vuota per un pezzo. Seguita dall'interno il suono del pianoforte. Il signor Ponza, entrando per l'uscio in fondo col consigliere Agazzi, udendo le note, si turba profondamente, e il suo turbamento andrà a mano a mano crescendo durante la scena.

AGAZZI (*davanti all'uscio in fondo*) Passi, passi, prego....

Fa entrare il signor Ponza, poi entra lui e si dirige alla scrivania per prendere le carte che ha finto di dimenticarsi lassù.

Ecco, devo averle lasciate qua.... S'accomodi, prego....

Il signor Ponza resta in piedi, guardando con agitazione verso il salotto, donde viene il suono del pianoforte.

Eccole qua....

Prende le carte e s'appressa al signor Ponza sfogliandole.

È una vecchia pratica.... una contesa, come le dicevo, aggrovigliata, aggrovigliata e molto seria, che si trascina da anni....

Si volta anche lui a guardare verso il salotto, urtato dal suono del pianoforte.

Ma questa musica.... Giusto ora!...

Fa un gesto di dispetto, nel voltarsi, come per dire tra sé: Che stupide!

Chi suona?

Si fa a guardare, attraverso l'uscio, nel salotto, scorge al pianoforte la signora Frola, fa un atto di meraviglia.

Ah!...

PONZA (*appressandoglisi, convulso*) In nome di Dio, è lei? suona lei?...

AGAZZI Sì... È sua suocera... Come suona bene!...

PONZA Ma come? Se la sono portata qua, di nuovo? E la fanno sonare ?...

AGAZZI Perché no, scusi?... che male?

PONZA Ma no, per carità!... Questa musica!... È quella della sua figliuola!

AGAZZI Ah.... forse fa male a lei?

PONZA Non a me! non a me! Fa male a lei.... un male incalcolabile!... Ma scusi, signor consigliere, io ho pur detto a lei, alle signore, le condizioni di quella povera disgraziata!...

AGAZZI (*procurando di calmarlo nell'agitazione sempre crescente*) Sì, sì... ma veda....

PONZA (*seguitando*) Che dev'essere lasciata in pace! Che non può ricever visite, né farne! So io solo come si deve trattare con lei! La rovinano! la rovinano!

AGAZZI Ma no, creda.... Le mie donne sapranno bene anche loro....

S'interrompe improvvisamente al cessare della musica nel salotto, da cui viene ora un coro d'approvazioni.

Ecco, guardi.... può ascoltare....

Dall'interno giungono, spiccatamente, queste battute di dialogo:

DINA   Ma lei suona ancora meravigliosamente, signora!

SIGNORA FROLA   Io? Eh.... la mia Lina! dovrebbe sentire la mia Lina, come la suona!...

PONZA   (*fremendo, strizzandosi le mani*) La sua Lina!... la sua Lina!

AGAZZI   La figliuola.

PONZA   Ma sente? dice *suona*! dice *suona*!

Di nuovo, dall'interno, spiccatamente:

SIGNORA FROLA   Eh, no, non può, non può più sonare, da allora! E forse è questo il suo maggior dolore, poverina !

AGAZZI   Mi sembra naturale.... La crede ancora viva....

PONZA   Ma non le si deve far dire così! Non deve.... non deve dirlo.... Ha sentito? *Da allora*.... Ha detto, *da allora*.... Per *quel* pianoforte.... certo!... Lei non sa.... Per il pianoforte della povera morta... Ma Dio mio, Dio mio.... loro mi vogliono daccapo rovinare....

Sopravviene a questo punto Sirelli, il quale, udendo le ultime parole del Ponza e notandone l'estrema esasperazione, resta come basito. Agazzi, anche lui sbigottito, gli fa cenno di appressarsi.

AGAZZI   Ma no.... ma perché, scusi....

A Sirelli.

Ti prego, fa' venire qua le signore....

Sirelli, tenendosi al largo, si fa all'uscio a sinistra e chiama le signore.

PONZA   Le signore? Qua.... No, no.... Piuttosto....

SCENA OTTAVA

La SIGNORA FROLA, *la* SIGNORA AMALIA, *la* SIGNORA SIRELLI, DINA, *la* SIGNORA CINI *la* SIGNORA NENNI, LAUDISI, DETTI.

Le signore, al cenno di Sirelli pieno di sbigottimento, entrano, sgomente. La signora Frola, scorgendo il genero in quello stato d'orgasmo, se n'atterrisce. Investita da lui con estrema violenza durante la scena seguente, farà, di tratto in tratto, con gli occhi, alle signore cenni espressivi d'intelligenza. La scena si svolgerà rapida, concitata e violentissima.

PONZA   Lei, qua? Come qua? Che è venuta a fare qua?

SIGNORA FROLA   Ero venuta, abbi pazienza....

PONZA   È venuta qua a dire... - Che ha detto? che ha detto a queste signore?

SIGNORA FROLA   Niente.... ti giuro.... Niente....

PONZA   Niente? Come niente? Ho sentito io!... Ha sentito qua con me questo signore! Lei ha detto *suona*! Chi suona! Lina suona? Lei lo sa bene che è morta da quattro anni la sua figliuola!

SIGNORA FROLA   Ma sì!... caro, calmati.... sì.... sì....

PONZA   "E non può più sonare *da allora*!" Sicuro che non può più sonare *da allora*! Come vuole che suoni, se è morta?

SIGNORA FROLA   Ma certo, sì! E non l'ho detto, signore mie? L'ho detto, che non può più, da allora.... Certo! se è morta....

PONZA   E perché pensa ancora a quel pianoforte, dunque?

SIGNORA FROLA   No, no, non ci penso più!

PONZA   L'ho sfasciato io! Lei lo sa! Quando la sua figliuola è morta! Per non farlo toccare a quest'altra, che del resto non sa sonare! Lei lo sa che non *suona* quest'altra....

SIGNORA FROLA   Ma se non sa sonare!... certo!

PONZA   E scusi; si chiamava Lina, è vero? la sua figliuola. Ora dica, dica qua come si chiama la mia seconda moglie! Lo dica qua a tutti, perché lei lo sa bene! - Come si chiama?

SIGNORA FROLA   Giulia.... Giulia si chiama!.... - Sì, sì, è vero, signori; si chiama Giulia!

PONZA   Giulia si chiama! Non si chiama mica Lina!! E non cerchi di ammiccare lei intanto, dicendo che si chiama Giulia!

SIGNORA FROLA   Io? no! Non ho ammiccato.... Ma no!

PONZA   Me ne sono accorto! Me ne sono accorto bene! Lei vuole rovinarmi! Vuole dare a intendere a questi signori che io voglia tenermi ancora tutta per me la sua figliuola, come se non fosse morta....

Rompe in spaventosi singhiozzi.

Come se non fosse morta!

SIGNORA FROLA   (*subito con infinita dolcezza e umiltà, accorrendo a lui*) Io.... no, no.... figliuolo mio caro, càlmati per carità.... Io non ho detto mai questo.... - È vero? è vero, signore?

AMALIA, SIGNORA SIRELLI, DINA   Ma sì.... sì.... - Non lo ha detto mai! - Ha detto che è morta!

SIGNORA FROLA   È vero? -Che è morta, ho detto!... - Come no? E che tu sei tanto buono per me.... è vero? è vero?.... Io, rovinarti? - Io, comprometterti?

PONZA   E va cercando nelle case il pianoforte degli altri? per farci le sonatine della sua figliuola, e andar dicendo che Lina le suona così, e meglio di così?

SIGNORA FROLA   No.... è stato.... è stato così.... tanto.... tanto per provare...

PONZA   Lei non può! Lei non deve! Come le può venire in mente di sonare ancora ciò che sonava la sua figliuola morta?

SIGNORA FROLA   Hai ragione.... sì, ah poverino.... poverino!

Intenerita, si mette a piangere.

Non lo farò più!... non lo farò più!

PONZA   (*investendola davvicino*) Vada! vada via! vada via!

SIGNORA FROLA   Sì.... sì.... vado, vado.... Oh Dio!...

Fa cenni supplichevoli a tutti, arretrando, di aver riguardo al genero, e si ritira piangendo.

SCENA NONA

DETTI, *meno la* SIGNORA FROLA

Restano tutti compresi di pietà e terrore a mirare il signor Ponza. Ma subito, questi, appena uscita la suocera, riprende la sua aria normale, di cupa affannata tristezza e dice con profonda commozione:

PONZA   Chiedo scusa a lor signori di questo triste spettacolo che ho dovuto dar loro per rimediare al male che, senza volerlo, senza saperlo, con la loro pietà, fanno a questa infelice....

AGAZZI   (*stupito*) Ma come.... lei ha finto?

PONZA   Per forza, signori! E non intendono che l'unico mezzo è questo, per tenerla nella sua illusione, che io le gridi così la verità, come se fosse una mia pazzia? - Mi perdonino, e mi permettano: bisogna che io corra ora da lei....

Via di fretta per l'uscio comune. Restano tutti, di nuovo, sbalorditi. Un silenzio.

LAUDISI   (*facendosi in mezzo*) Ed ecco, signori, scoperta la verità!

Scoppia a ridere.

Ah! ah! ah! ah!

Tela

ATTO TERZO

La stessa scena del secondo atto.

SCENA PRIMA

LAUDISI, CAMERIERE, *il commissario* CENTURI.

Laudisi è sdrajato su una poltrona e legge. Attraverso l'uscio a sinistra che dà nel salotto, giunge il rumore confuso di molte voci. Il cameriere, dall'uscio in fondo, dà il passo al commissario Centuri.

CAMERIERE Favorisca qua. Vado ad avvertire il signor Commendatore.

LAUDISI (*voltandosi e scorgendo il Centuri*) Oh, il signor Commissario!

Si alza in fretta e richiama il cameriere che sta per uscire.

Ps! Aspetta.

A Centuri.

Notizie?

CENTURI (*alto, rigido, aggrondato, sui quarant'anni*) Sissignore.

LAUDISI Ah bene!

Al cameriere.

Lascia. Lo chiamerò io di qua, mio cognato.

Indica, con una mossa del capo, l'uscio a sinistra. Il cameriere s'inchina, e via.

Lei ha fatto il miracolo! Salva una città! Sente? sente come gridano? Ebbene: notizie certe?

CENTURI Di persone che si son potute rintracciare....

LAUDISI - del paese del signor Ponza? Persone che sanno?

CENTURI Sissignore. Alcuni dati, non molti, ma sicuri.

LAUDISI Ah, bene! bene! Per esempio?

CENTURI Per esempio.... ecco, ho qua le.... le comunicazioni che mi sono state trasmesse.

Trae dalla tasca interna della giacca una busta gialla aperta con un foglio dentro e la porge a Laudisi.

LAUDISI Vediamo.... vediamo....

Cava il foglio dalla busta e si mette a leggerlo con gli occhi, intercalando di tratto in tratto, con diversi toni, degli ah! e degli eh!: prima un ah! di compiacimento, poi un altro ah! che l'attenua di molto; poi un eh! quasi commiserativo, infine un altro eh! di piena disillusione.

Ma no! E che c'è di certo qua, signor Commissario?

CENTURI   Tutto quello che s'è potuto sapere.

LAUDISI   Ma niente, lei lo capisce! Tutti i dubbii sussistono. Niente di sicuro.

Lo guarda; poi, con risoluzione improvvisa:

Vuol fare un bene davvero, signor Commissario? Vuol rendere un segnalato servizio alla cittadinanza, di cui Dio certamente le darà merito?

CENTURI   (*guardandolo perplesso*) E che vuole che faccia?

LAUDISI   Ecco, guardi. Segga lì.

Indica la scrivania.

Strappi questo mezzo foglio d'informazioni che non dicono nulla; e qua, sull'altro mezzo, scriva qualche informazione precisa!

CENTURI   Io? Come? Che informazione?

LAUDISI   Ma una qualunque, a suo piacere, purché sia precisa! Che è la signora Frola, per esempio! Oppure, se le piace meglio, che è stata una finzione il secondo matrimonio del signor Ponza!...

CENTURI   Ma come? Che dice mai, signor Laudisi? Io?

LAUDISI   (*incalzando*)   A nome di questi due stessi signori che si son potuti rintracciare! - Per il bene di tutti! Per ridar la tranquillità a tutto il paese! Sia superiore! - Non vede? Vogliono una verità, così.... esteriore, non importa quale, purché sia categorica - e si quieterebbero!

CENTURI   Ma che verità, scusi! Vuole che faccia un falso? Mi fa meraviglia che lei osi propormelo? E dico meraviglia per non dire altro.... - Mi faccia il piacere d'annunziarmi al signor Consigliere.

LAUDISI   (*apre le braccia desolato*) La servo subito.

S'avvia all'uscio a sinistra. Apre l'uscio a sinistra e subito si fanno sentire più alte le grida confuse. Appena Laudisi varca la soglia, le grida però cessano d'un tratto. Il commissario Centuri, nell'attesa, fiero, soddisfatto, si carezza la punta di un baffo. Ma all'improvviso le grida prorompono di nuovo altissime, giulive ora, miste a battimani. Il commissario Centuri si scuote, si turba, non sapendo che pensarne.

SCENA SECONDA

DETTO, AGAZZI, SIRELLI, LAUDISI, *la* SIGNORA AMALIA, DINA, *la* SIGNORA SIRELLI, *la* SIGNORA CINI, *la* SIGNORA NENNI, *molti altri signori e signore.*

Entrano tutti per l'uscio a sinistra, con Agazzi alla testa, accesi, esultanti, battendo le mani e gridando: Bravo! bravo!

AGAZZI (*con le mani protese*) Caro Centuri! Lo volevo dire io! Non era possibile che lei non RIUSCISSE!

TUTTI Bravo! Bravo! Vediamo! vediamo! Le prove, subito! Chi è? chi è?

CENTURI (*stupito, frastornato, smarrito*) Ma no.... ecco.... io, signor Consigliere....

AGAZZI Signori, per carità! Piano!

CENTURI Ho fatto di tutto.... sì.... Ma.... non so che ha potuto dir loro il signor Laudisi....

AGAZZI Che lei ci reca notizie certe!

SIRELLI Dati precisi!

LAUDISI (*forte, risoluto, prevenendo*) Non molti, sì, ma precisi! Di persone che si son potute rintracciare! Del paese del signor Ponza! Persone che sanno!

TUTTI Finalmente! Ah, finalmente! finalmente!

CENTURI (*porgendo il foglio ad Agazzi*) Sì.... ecco, signor Consigliere....

AGAZZI (*aprendo il foglio tra la ressa di tutti attorno*) Ah, vediamo! vediamo !

CENTURI Ma lei, signor Laudisi....

LAUDISI (*subito, forte*) Lasci leggere, per carità! Lasci leggere!

AGAZZI Un momento di pazienza, signori.... Ecco.... leggo....

LAUDISI Ma ho già letto io! ho già letto io!

TUTTI (*lasciando il consigliere Agazzi e precipitandosi attorno a lui*) Ah sì? Ebbene? Ebbene? Che dice? Che si sa? Ci è? Chi è?

LAUDISI   (*scandendo bene le parole*) È certo, indubitabile, per testimonianza d'un compaesano del Signor Ponza, che la signora Frola è stata in una casa di salute!

TUTTI (*con rammarico e delusione*) Oh!

SIGNORA SIRELLI La signora Frola?

DINA Ma dunque è proprio lei?

AGAZZI   Ma no! ma no!

Facendosi avanti, agitando il foglio.

Qua non dice niente affatto così!

SIRELLI Ah, come! Che dice? che dice?

Si agitano tutti.

LAUDISI (*tenendo testa*) Ma sì! Dice la signora! Dice precisamente la signora!

AGAZZI   Nient'affatto! *Gli pare,* dice questo signore.... Non ne è certo! E non sa, a ogni modo, se la madre o la figlia!

TUTTI (*con soddisfazione*) Ah !

LAUDISI (*tenendo testa*) Ma sì! Ma dev'essere lei, la madre, senza dubbio!

SIRELLI Che! É la figlia, signori! La figlia!

SIGNORA SIRELLI   come ha detto lei stessa, la signora!

AMALIA Precisamente! Quando la sottrassero di nascosto al marito!

DINA Sì, la signora dice appunto che la figliuola fu chiusa in una casa di salute!

AGAZZI E del resto non è neanche del paese quest'informatore! Dice che ci andava spesso.... che non ricorda bene.... che gli pare d'aver inteso così....

SIRELLI Ah! Notizia per aria, dunque!

LAUDISI Ma scusate tanto, se siete tutti così convinti che la signora Frola ha ragione lei, che andate cercando più? Finitela!

SIRELLI Se non ci fosse il Prefetto che crede a lui! Al signor Ponza, capisci?

CENTURI Sissignore, è vero! Il signor Prefetto l'ha detto anche a me!

AGAZZI Ma perché il signor Prefetto non ha parlato ancora con la signora qua accanto!

SIGNORA SIRELLI Sfido! Ha parlato solo con lui!

SIRELLI E del resto, ci son altri qua che credono come il Prefetto!

UN SIGNORE Io, io per esempio, sissignori! Perché so d'un caso simile, io, d'una madre impazzita per la morte della figliuola, la quale crede che il genero non voglia fargliela vedere: tal e quale!

SECONDO SIGNORE C'è in più, no, c'è in più che il genero è rimasto vedovo, oh! Qui almeno, questo, ha una in casa con sé....

LAUDISI (acceso da un subito pensiero) Oh Dio, signori! Avete sentito? Ma eccolo trovato, il bandolo! Dio mio! L'uovo di Colombo....

TUTTI Ma che è? che è?

SECONDO SIGNORE (stordito) Che ho detto? Io non so....

LAUDISI Eh, un po' di pazienza, signori!

Ad Agazzi.

Il Prefetto deve venire qua?

AGAZZI Sì, lo aspettiamo.... Ma che hai trovato?

LAUDISI È inutile che venga qua per parlare con la signora Frola! Finora crede al genero.... Quando avrà parlato con la suocera, non saprà più neanche lui a chi credere dei due! - No, no! Qua bisogna che faccia altro il signor Prefetto. Una cosa che può fare lui solo!

TUTTI Che cosa? che cosa?

LAUDISI (*raggiante*) Ma la moglie, scusate! Colei che il signor Ponza ha con sé! Me l'ha suggerito questo signore!

SIRELLI Far parlare la moglie?... Eh già! Eh già!

DINA Ma come, se è tenuta in carcere quella poveretta?

SIRELLI Bisogna che il Prefetto s'imponga e la faccia parlare!

AMALIA Certo è l'unica che possa dire la verità!

SIGNORA SIRELLI Ma che! Dirà ciò che vuole il marito....

LAUDISI Già! Se dovesse parlare davanti a lui! Certo!

SIRELLI Dovrebbe parlare da sola a solo col Prefetto!

AGAZZI E il Prefetto potrebbe - sicuro! - con la sua autorità, imporre a questo signore la confessione esplicita della moglie a lui. Sicuro! Sicuro! Non le sembra, Centuri?

CENTURI Eh, senza dubbio.... se il signor Prefetto volesse....

AGAZZI È l'unica veramente! Bisognerebbe avvertirlo, e risparmiargli per ora l'incomodo di venire qua. Vada, vada lei, caro Centuri.

CENTURI Sissignore. La riverisco. Signore, signori.

S'inchina e via.

SIGNORA SIRELLI Ma sì! Bravo Laudisi!

DINA Bravo! bravo zietto! Che bell'idea!

TUTTI - Bravo! bravo! Sì, è l'unica! è l'unica!

AGAZZI Ma già! Come non ci avevamo pensato?

SIRELLI Sfido! Nessuno l'ha mai veduta! Come se non ci fosse, quella poverina!

LAUDISI *(come colpito all'improvviso)* Oh! Ma scusate.... E siete proprio sicuri che ci sia?

AMALIA Come? Ma Dio mio, Lamberto!

SIRELLI *(fingendo di ridere)* Vorresti ora metterne anche in dubbio l'esistenza?

LAUDISI Eh, ma chi ve lo dice? chi ve l'assicura?

DINA Ma se c'è la signora che la vede e le parla ogni giorno?

SIGNORA SIRELLI E l'asserisce di lui, anche!

LAUDISI Sì, sì.... Non dico!... Ma scusate.... - se ci pensate bene: - ha ragione la signora Frola? e allora chi c'è là, per lui? Il fantasma d'una seconda moglie. O ha ragione lui, il signor Ponza, e allora là, per casa, c'è il fantasma della figliuola! - Tutto sta ora, signori, se questo fantasma per l'uno o per l'altra è poi una persona per sé! Arrivati a questo punto, mi sembra che sia anche il caso di dubitarne!

AGAZZI Ma va' là! Tu vorresti farci impazzire tutti quanti appresso a te!

LAUDISI No, signori, badate, badate che forse in quella casa non c'è altro che un fantasma!

SIGNORA NENNI Oh Dio, mi s'aggricciano, quasi, le carni!

SIGNORA CINI Non so che gusto provi a farci impaurire!

TUTTI Ma che! ma che! Scherza! scherza!

LAUDISI Non scherzo affatto, signori miei! - Chi l'ha veduta? Scusate! Non l'ha mai veduta nessuno! - Ne parla lui; e lo dice lei, la signora Frola, che la vede....

SIRELLI Ma come! Se le s'affaccia, là, dal cortile!

LAUDISI Chi le si affaccia?

SIRELLI Ma una donna! una donna in carne ed ossa, che è stata veduta! e che si può far parlare, perdio!

LAUDISI Ne siete sicuri?

AGAZZI Ma come no? ma come no? Ma se l'hai detto tu stesso, scusa!

LAUDISI Io, sì, se lassù c'è veramente una donna.... una donna qualunque. Ma badate che una donna *qualunque*, signori miei, lassù non ci può essere! non c'è! non c'è di certo! Io almeno dubito adesso che ci sia!

SIGNORA SIRELLI Dio mio, davvero vuol farci impazzire tutti quanti!

LAUDISI   Eh.... vedremo, vedremo....

TUTTI   E chi c'è allora? - Se l'hanno veduta! - Chi c'è? chi c'è? - Se s'affaccia dal balcone!...

SCENA TERZA

DETTI, CENTURI *di ritorno*.

CENTURI   (*tra l'agitazione di tutti s'introduce, accaldato, annunziando:*) Il signor Prefetto! il signor Prefetto!

AGAZZI   Come? Qua? Ma lei?

CENTURI   L'ho incontrato per via, ch'era diretto qua, a due passi.... È col signor Ponza!

SIRELLI   Ah, con lui?

AGAZZI   Oh Dio, no! se viene con lui, entrerà dalla signora qua accanto! Per piacere, Centuri, si metta davanti la porta e lo preghi a nome mio di favorire prima qua da me un momento, come m'aveva promesso.

CENTURI   Sissignore, non dubiti. Vado.

Via di fretta per l'uscio in fondo.

AGAZZI   Signori, vi prego di ritirarvi un poco di qua nel salotto....

SIGNORA SIRELLI   Glielo dica bene, sa! È l'unica! è l'unica!

AMALIA   (*davanti all'uscio a sinistra*) Avanti, favoriscano, signore....

AGAZZI   Tu resta, Sirelli. E anche tu, Lamberto.

Tutti gli altri, signori e signore, escono per l'uscio a sinistra. Agazzi a Laudisi:

Ma lascia parlare a me, ti prego!

LAUDISI   Per me, figùrati! Se anzi vuoi che me ne vada anch'io....

AGAZZI   No no: è meglio che tu ci sia.... - Ah, eccolo qua.

SCENA QUARTA

DETTI, *il* SIGNOR PREFETTO, CENTURI.

IL PREFETTO   *(sui sessanta, alto, grasso, aria di bonomia facilona)* Caro Agazzi....
Oh, il signor Sirelli.... Caro Laudisi....

Stringe la mano a tutti.

AGAZZI   *(invitandolo col gesto a sedere)* Scusami, se t'ho fatto pregare d'entrare prima
da me.

IL PREFETTO   Ma no, sarei venuto, come t'avevo promesso....

AGAZZI   *(scorgendo indietro e ancora in piedi Centuri)* Prego, Centuri, venga avanti;
segga qua....

IL PREFETTO   *(bonariamente, a Sirelli)* Eh lei, Sirelli - ho saputo! - è uno dei più
accesi, dei più inquieti per questo benedetto affare del nostro nuovo segretario....

SIRELLI   Oh no, creda, signor Prefetto, tutti siamo inquieti!

AGAZZI   È la verità, sì, inquietissimi....

IL PREFETTO   Ma perché, ma perché, santo Dio?

AGAZZI   Scusami: tu non puoi fartene ancora un'idea chiara! Noi abbiamo qui accanto
la signora.

IL PREFETTO   Ma sì, ho capito....

SIRELLI   No, mi perdoni, signor Prefetto.... Lei non la ha ancora sentita, questa povera signora....

IL PREFETTO   Mi recavo appunto da lei.

Ad Agazzi:

Ti avevo promesso che l'avrei fatto qua da te. Ma il genero stesso è venuto a pregarmi, a implorare la grazia - per far cessare tutte queste chiacchiere - che mi recassi in casa di lei. Scusate, vi pare che lo avrebbe fatto, se non fosse più che sicuro...?

AGAZZI   Ma sfido! Perché davanti a lui, quella poveretta....

SIRELLI   (*attaccando subito*)   Dirà come vuol lui, signor Prefetto! E questa è la prova che la pazza non è lei!

AGAZZI   Ne abbiamo fatto l'esperimento qua, noi, jeri!

IL PREFETTO   Ma sì, caro: perché egli le fa credere che il pazzo sia lui! - Me ne ha prevenuto. Scusate, come potrebbe illudersi, altrimenti, codesta disgraziata? È un martirio, credete, un martirio per quel pover'uomo!

SIRELLI   Già! Se non dà lei, invece, che dà a lui l'illusione di credere che la figliuola sia morta, perché possa star sicuro che la moglie non gli sarà di nuovo sottratta! In questo caso, vede bene, signor Prefetto, il martirio è della signora; non più di lui!

AGAZZI   Quando questo dubbio t'è entrato....capisci? E se tu la sentissi parlare - ma da sola - entrerebbe anche in te, stai sicuro!

SIRELLI   L'abbiamo tutti!

IL PREFETTO   M no, mi pare che in voi, anzi, non l'abbiate! Come vi confesso che non l'ho neppure io, da un altro canto.... - E lei, Laudisi?

LAUDISI   Mi scusi, signor Prefetto. Io ho promesso a mio cognato di non parlare.

AGAZZI   (*scattando*)   Ma va' là, che dici! Se ti domanda.... - Gli avevo detto di non parlare, sai perché? Si diverte da due giorni a intorbidare peggio le acque!

LAUDISI   Non lo creda, signor Prefetto. Io ho fatto di tutto, invece, per rischiararle, le acque.

SIRELLI Già! Sa come? Sostenendo che non è possibile scoprire la verità, e ora facendo sorgere il dubbio che in casa del signor Ponza non ci sia una donna, ma un fantasma!

IL PREFETTO (*godendoci*) Come! come! Oh bella!

AGAZZI Per carità! Lo comprendi: è inutile dare ascolto a lui!

LAUDISI Eppure, signor Prefetto, lei è stato invitato a venire qua, per me!

IL PREFETTO Pensa anche lei che farei bene a parlare con la signora qua accanto?

LAUDISI No, per carità! Lei fa benissimo a stare a ciò che le dice il signor Ponza!

IL PREFETTO Ah, bene! Perché crede anche lei che il signor Ponza...?

LAUDISI (*subito*) No. Come vorrei che tutti qua stessero a ciò che dice la signora Frola, signor Prefetto - e la facessero finita!

AGAZZI Hai capito? Ti pare un ragionamento, questo?

IL PREFETTO Permetti?

A Laudisi.

Secondo lei, dunque, si può prestar fede anche a ciò che dice la signora?

LAUDISI Altro che! Perfettamente. Come a ciò che dice lui !

IL PREFETTO Ma allora, scusi?

SIRELLI Se dicono il contrario!

AGAZZI (*irritato, risolutamente*) Da' ascolto a me, per favore! Io posso non essere né per l'una né per l'altro. Può aver ragione lui, può aver ragione lei. Bisogna venirne a capo! C'è un solo mezzo.

SIRELLI E l'ha suggerito lui appunto!

Indica Laudisi.

IL PREFETTO   Ah sì?... - E dunque!... Sentiamo....

AGAZZI   Poiché ci manca ogni altra prova di fatto, l'unica che ci resti è questa: che tu, con la tua autorità, ottenga la confessione della moglie.

IL PREFETTO   Della signora Ponza?

SIRELLI   Ma senza la presenza del marito, s'intende!

AGAZZI   Perché possa dir la verità!

SIRELLI   Se è la figlia della signora, come sembra a noi di dover credere....

AGAZZI   O una seconda moglie che si presta a rappresentare la parte della figlia, come dice il signor Ponza....

IL PREFETTO   E come io credo senz'altro! - Ma sì! Pare l'unica anche a me. Quel poverino, credete, non desidera altro che far tacere tutte queste voci. L'ho trovato così arrendevole.... Ne sarà felicissimo! E voi vi tranquillerete subito, amici miei. - Mi faccia il favore, Centuri.

Il Centuri si alza

Vada a chiamarmi il signor Ponza qua accanto. Lo preghi a nome mio di venire qua un momento.

CENTURI   Vado subito!

S'inchina, e via per l'uscio in fondo.

AGAZZI   Eh, se accettasse....

IL PREFETTO   Ma vedrai che accetta subito! La faremo finita in un quarto d'ora! Qua, qua davanti a voi stessi....

AGAZZI   Come! Qua?

SIRELLI   Che voglia portare la moglie qua stesso?

IL PREFETTO   Lasciate fare a me! Qua stesso, sì. Perché, altrimenti - io lo so - tra voi, qua, seguiterete a supporre che io....

AGAZZI   Ma no, per carità!

SIRELLI   Questo, mai!

IL PREFETTO   Andate là. Sapendomi così sicuro che la ragione sta dalla parte di lui.... - pensereste che per mettere in tacere la cosa, trattandosi d'un pubblico funzionario.... - No no: voglio che ascoltiate anche voi.

Poi, ad Agazzi.

La tua signora?

AGAZZI   È di là, con altre signore....

IL PREFETTO   Eh.... voi avete stabilito qua un vero quartiere di congiura, eh?

SCENA QUINTA

DETTI, CENTURI, il SIGNOR PONZA

CENTURI   Permesso? - Ecco il signor Ponza.

IL PREFETTO   Grazie, Centuri.

Il signor Ponza si presenta su la soglia.

Venga, venga avanti, caro Ponza.

Il signor Ponza s'inchina.

AGAZZI S 'accomodi, prego.

Il signor Ponza s'inchina e siede.

IL PREFETTO Lei conosce i signori.... - Sirelli....

Il signor Ponza si alza e s'inchina.

AGAZZI Sì, l'ho già presentato. Mio cognato Laudisi.

Il signor Ponza s'inchina.

IL PREFETTO L'ho fatto chiamare, caro Ponza, per dirle che qua, coi miei amici....

S'interrompe, notando che il signor Ponza a queste prime parole dà a vedere un gran turbamento e una viva agitazione.

Ha da dire qualche cosa?

PONZA   Sì. Che io intendo, signor Prefetto, di domandare oggi stesso il mio trasferimento.

IL PREFETTO Ma perché? - Scusi.... Come? poc'anzi, così ragionevole, parlava con me....

PONZA Io sono fatto segno qua, signor Prefetto, a una vessazione inaudita!

IL PREFETTO Ma no, via.... non esageriamo....

AGAZZI Vessazione, scusi.... - intende, da parte mia?

PONZA   Di tutti. E me ne vado! Me ne vado, signor Prefetto, perché non posso tollerare quest'inchiesta accanita, feroce, che finirà di compromettere, guasterà irreparabilmente un'opera di carità che mi costa tanta pena e tanti sacrifizii! - Io venero più che una madre quella povera vecchia, e mi sono veduto costretto, qua, jeri, a investirla con la più crudele violenza. Ora l'ho trovata di là, in tale stato d'avvilimento e d'agitazione....

AGAZZI   È strano! Perché la signora, con noi, ha parlato sempre calmissima. Tutta l'agitazione, invece, l'abbiamo finora notata in lei, signor Ponza, e anche adesso....

PONZA   Perché loro non sanno quello che mi stanno facendo soffrire!

IL PREFETTO   Via, via.... si calmi, caro Ponza.... Che cos'è? Ci sono qua io! E lei sa con quale fiducia e quanto compatimento io abbia ascoltato le sue ragioni. Non è così?

PONZA   Mi perdoni. Sì, lei..... E gliene sono grato, signor Prefetto.

IL PREFETTO   Poiché venera come una madre la sua povera suocera, scusi, deve pensare che qua questi signori mostrano tanta curiosità di sapere, appunto perché s'interessano molto della signora....

PONZA   Ma la uccidono, signor Prefetto! E l'ho fatto notare!

IL PREFETTO   Bene, bene.... Finiranno, appena si sarà chiarito tutto: ora stesso, guardi! Non ci vuol niente. - Lei ha il mezzo più semplice e più sicuro di levare ogni dubbio a questi signori. Non a me, perché io non ne ho.

PONZA   Ma se non vogliono credermi in nessun modo!

AGAZZI   Questo non è vero. - Quando lei venne qua, dopo la prima visita di sua suocera, a dichiararci ch'era pazza, noi tutti - con meraviglia, ma le abbiamo creduto.

Al Prefetto.

Ma subito dopo, capisci? tornò la suocera....

IL PREFETTO   Sì, sì, lo so, me l'hai detto.

Seguiterà rivolgendosi al Ponza.

....a dare quelle ragioni, che lei stesso cerca di tener vive in lei. Bisogna che abbia pazienza, se un dubbio angoscioso nasce nell'animo di chi ascolta. Di fronte a ciò che dice sua suocera, questi signori, ecco, non credono d'esser più sicuri di poter potere prestar fede a ciò che dice lei. Dunque, è chiaro. Lei e sua suocera - via! tiratevi in disparte per un momento! - Lei è sicuro di dir la verità, come ne sono sicuro io; non può aver nulla in contrario, certo, che sia ripetuta qua, ora, dall'unica persona che possa affermarla, all'infuori di voi due.

PONZA   E chi?

IL PREFETTO   Ma la sua signora....

PONZA   Mia moglie?

Con forza, con sdegno:

Ah, no! Mai, signor Prefetto!

IL PREFETTO   E perché no, scusi?

PONZA   Portare mia moglie qua a dare soddisfazione a chi non vuol credermi?

IL PREFETTO   (*pronto*) A me ! Scusi.... Può aver difficoltà?

PONZA   Ma signor Prefetto.... no! mia moglie, no! Lasciamo stare mia moglie! Si può ben credere a me!

IL PREFETTO   Ma mi pare che lei voglia far di tutto per non essere creduto!

AGAZZI   Tanto più che ha cercato anche d'impedire in tutti i modi - anche a costo d'un doppio sgarbo a mia moglie e alla mia figliuola - che la suocera venisse qua a parlare....

PONZA   Ma che vogliono loro da me? In nome di Dio! Non basta quella disgraziata? vogliono qua anche mia moglie? Signor Prefetto, io non posso sopportare questa violenza! Mia moglie non esce di casa mia! Io non la porto ai piedi di nessuno! Mi basta che mi creda lei! E del resto vado a far subito l'istanza per andar via di qua!

IL PREFETTO   Ah, no: scusi! Prima di tutto io non tollero, signor Ponza, che lei assuma codesto tono davanti a un suo superiore e a me, che le ho parlato con tanta cortesia e tanta deferenza. In secondo luogo le dico che comincia a dar da pensare anche a me codesta sua ostinazione nel rifiutare una prova che *le chiedo io* e non altri, nel suo stesso interesse, e in cui non vedo nulla di male! - Possiamo bene, io e il mio collega, ricevere una signora.... - o anche, se lei vuole, venire a casa sua....

PONZA   Lei dunque mi obbliga?

IL PREFETTO   Le ripeto che gliel'ho chiesto nel suo interesse. Potrei anche chiederglielo come suo superiore!

PONZA   Sta bene. Sta bene. Quand'è così.... porterò qua mia moglie.... pur di finirla! Ma chi mi garantisce che quella poveretta non la veda?

IL PREFETTO   Ah già.... perché sta qui accanto....

AGAZZI   (*subito*) Ma possiamo andar noi in casa della signora....

PONZA   Nossignore. - Io lo dico per loro. Che non mi si faccia un'altra sorpresa, che avrebbe conseguenze spaventevoli!

AGAZZI   Ma no, per carità, che pensa!

IL PREFETTO   Se no.... ecco.... a suo comodo potrebbe condurre la signora alla Prefettura.

PONZA   No, no - subito, qua.... subito.... Starò io, di là, a guardia di lei. Vado subito, signor Prefetto, e sarà finita, sarà finita!

Esce sulle furie per l'uscio in fondo.

SCENA SESTA

DETTI, meno il SIGNOR PONZA.

IL PREFETTO   Vi confesso che non m'aspettavo da parte sua questa opposizione.

AGAZZI   E vedrai che andrà a imporre alla moglie di dire ciò che vuol lui!

IL PREFETTO   Ah no! Di questo state tranquilli. Interrogherò io la signora!

SIRELLI   Quest'esasperazione continua, scusi....

IL PREFETTO   È la prima volta - che! che! - è la prima volta che lo vedo così.... - Forse l'idea di portare qua la moglie....

SIRELLI   Di scarcerarla....

IL PREFETTO   Oh, questo, scusi, non c'è bisogno di spiegarlo con la pazzia....

AGAZZI   Già.... Dice che la tiene così per paura della suocera....

IL PREFETTO   Ma anche se non fosse per questo.... Senz'esser pazzo, scusate, potrebbe esserne geloso!

SIRELLI   Fino al punto, di non tenere neppure una donna di servizio? Costringe la moglie a fare in casa tutto da sé....

AGAZZI   E va a farsi lui la spesa, ogni mattina....

CENTURI   Sissignore, è vero: l'ho visto io! Se la porta in casa con un ragazzotto....

SIRELLI   Che fa restare sempre fuori la porta!

IL PREFETTO   Oh Dio, signori, via.... l'ha deplorato lui stesso, questo, parlandomene....

LAUDISI   Servizio d'informazione inappuntabile!

IL PREFETTO   Lo fa per risparmio, Laudisi! Deve tener due case....

SIRELLI   Ma no, non diciamo per questo, noi! Scusi, signor Prefetto, crede lei che questa seconda moglie, come lui dice, si sobbarcherebbe a tanto....

AGAZZI   (*incalzando*)   Ai più umili servizii di casa!

SIRELLI   (*seguitando*) ....per una *che fu* suocera di suo marito, e che sarebbe un'estranea per lei?

AGAZZI   Via! Via! Non ti par troppo?

IL PREFETTO   Troppo, sì....

LAUDISI   (*interrompendo*)   Per una seconda moglie *qualunque*!

IL PREFETTO   (*subito*) Ammettiamolo. Troppo, sì. - Ma anche questo però, scusate - se non con la generosità - può spiegarsi ancora benissimo con la gelosia. E che sia geloso - pazzo o non pazzo - mi pare che non si possa mettere neppure in discussione....

Si ode a questo punto dal salotto un clamore di voci confuse.

AGAZZI   Oh.... - e che avviene di là?

SCENA SETTIMA

DETTI, *la* SIGNORA AMALIA

AMALIA   (*entra di furia, costernatissima, dall'uscio a sinistra, annunziando*) La signora Frola! La signora Frola è qua!

AGAZZI   No! Perdio, chi l'ha chiamata?

AMALIA   Nessuno! È venuta da sé!

IL PREFETTO   No! Per carità! Ora? No! La faccia andar via, signora!

AGAZZI   Subito via! Non la fate entrare! Bisogna assolutamente impedirglielo!

SCENA OTTAVA

DETTI, la SIGNORA FROLA, TUTTI GLI ALTRI.

La signora Frola s'introduce tremante, piangente, supplicante, con un fazzoletto in mano, in mezzo

alla ressa degli altri, tutti esagitati.

SIGNORA FROLA   Signori miei, per pietà! per pietà! Lo dica lei a tutti, signor Consigliere!

AGAZZI   Io le dico, signora, di andar via subito! Perché qua lei, per ora, non può stare!

SIGNORA FROLA   (*smarrita*) E perché? perché?

Alla signora Amalia.

Mi rivolgo a lei, mia buona signora....

AMALIA   Ma guardi.... guardi, c'è qua il Prefetto.

SIGNORA FROLA   Oh! lei, signor Prefetto! Per pietà! Io volevo venire da lei!

IL PREFETTO   No, abbia pazienza, signora! Per ora io non posso darle ascolto. Bisogna che lei vada!

SIGNORA FROLA   Sì, me ne vado! Me ne vado oggi stesso! Me ne parto, signor Prefetto! per sempre me ne parto!

AGAZZI   Ma no, in questo momento, sia buona, basta che lei si ritiri. Mi faccia la grazia! Poi parlerà col signor Prefetto!

SIGNORA FROLA   Ma perché?... Che cos'è? Che cos'è?

AGAZZI   Deve tornare subito qua suo genero, ecco! Ha capito?

SIGNORA FROLA   Ah! Sì?.... E allora, sì.... sì, mi ritiro.... mi ritiro subito! Volevo dir loro questo soltanto: che per pietà, la finiscano! Loro credono di farmi un bene, così, e mi fanno tanto male! Io sono costretta ad andarmene, così, a partirmene oggi stesso! perché lui sia lasciato in pace! - Ma che vogliono, che vogliono ora qua da lui? Che deve venire a fare qua lui?... - Oh, signor Prefetto!

IL PREFETTO   Niente, signora, stia tranquilla! Stia tranquilla, e se ne vada, per piacere....

AMALIA   Via, signora, sì! sia buona!

SIGNORA FROLA   Ah Dio, signora mia, loro mi priveranno dell'unico bene, dell'unico conforto che mi restava: vederla almeno da lontano la mia figliuola!

Si mette a piangere.

IL PREFETTO   Ma chi glielo dice? Perché? Lei non ha bisogno di partirsene! Le diciamo di ritirarsi ora per un momento. Stia tranquilla!

SIGNORA FROLA   Ma è per lui! per lui, signor Prefetto! Io sono venuta qua a pregare tutti per lui, non per me!

IL PREFETTO   Sì, va bene.... E lei può star tranquilla anche per lui, gliel'assicuro io. Vedrà che ora si accomoderà tutto....

SIGNORA FROLA   E come? E come? Li vedo qua tutti accaniti addosso a lui!

IL PREFETTO   No, signora! Non è vero! Ci sono qua io per lui! Stia tranquilla!

SIGNORA FROLA   Ah! Lei lo crede? Ah, grazie! Vuol dire che lei ha compreso....

IL PREFETTO   Sì, sì, signora, io ho compreso....

SIGNORA FROLA   E io l'ho detto qua, a tutti questi signori.... È una disgrazia già superata.... veda! su cui non bisogna più ritornare....

IL PREFETTO   Sì, va bene, signora.... Se le dico che io ho compreso!

SIGNORA FROLA   Ecco, sì, signor Prefetto! Se ci costringe a vivere così - non importa! Non ci fa niente! Perché noi siamo contente.... La mia figliuola è contenta così, e questo mi basta!... - Ci pensi lei, ci pensi lei.... perché, se no, non mi resta altro che andarmene, proprio! e non vederla più, neanche così da lontano.... Lo lascino in pace, per carità!

A questo punto, tra la ressa si fa un movimento d'ansia e di sgomento, tutti fanno cenni, alcuni guardano verso l'uscio; qualche voce repressa si fa sentire.

VOCI   Oh Dio.... Eccola.... Oh Dio....

SIGNORA FROLA   (*notando lo sgomento, lo scompiglio, geme perplessa, tremante*) Che cos'è?... Che cos'è?

SCENA NONA

DETTI, *la* SIGNORA PONZA, *poi il* SIGNOR PONZA.

Tutti si scostano da una parte e dall'altra per dar passo alla signora Ponza che si fa avanti rigida, in gramaglie, col volto nascosto da un fitto velo nero, impenetrabile.

SIGNORA FROLA   (*cacciando un grido straziante di frenetica gioja*) Ah! Lina.... Lina.... Lina....

E si precipita e s'avvinghia alla donna velata, con l'arsura d'una madre che da anni e anni non abbraccia più la sua figliuola. Ma contemporaneamente, dall'interno, si odono le grida del signor Ponza che si precipita sulla scena.

PONZA   Giulia!... Giulia!... Giulia!...

La signora Ponza, alle grida di lui, s'irrigidisce tra le braccia della signora Frola che la cingono. Il signor Ponza s'accorge della suocera così perdutamente abbracciata alla moglie, e inveisce, furente.

Ah! Questo hanno fatto! L'avevo detto io! Si sono approfittati così, vigliaccamente, della mia buona fede?

SIGNORA PONZA   (*volgendo il capo velato, quasi con austera solennità, verso il marito*) Non temere! - Non temere! Conducila via.... - Andate, andate....

SIGNORA FROLA   (*si stacca subito, da sé, tutta tremante, umile, dall'abbraccio, e accorre, premurosa, a lui*) Sì, sì.... andiamo, caro, andiamo.... andiamo....

E tutti e due abbracciati, carezzandosi a vicenda, tra due diversi pianti, si ritirano. Silenzio. Dopo aver seguito con gli occhi fino all'ultimo i due, tutti si rivolgono ora sbigottiti e commossi alla signora velata.

SIGNORA PONZA   Che altro possono voler da me, dopo questo, lor signori? Qui c'è una sventura, come vedono, che deve restar nascosta, perché solo così può valere il rimedio che la pietà le ha prestato.

IL PREFETTO   (*commosso*) Ma noi vogliamo, vogliamo rispettar la pietà, signora.... Vorremmo però che lei ci dicesse....

SIGNORA PONZA   Che cosa? la verità: è solo questa: che io sono, sì, la figlia della signora Frola, - e la seconda moglie del signor Ponza; sì, e per me nessuna! nessuna!

IL PREFETTO   Ah, no, per sé, lei, signora, sarà l'una o l'altra!

SIGNORA PONZA   Nossignori. - Per me, io sono colei che mi si crede!

Guarda, attraverso il velo, tutti, fieramente, e si ritira. Un silenzio.

LAUDISI Ecco, o signori, come parla la verità!

Volge attorno uno sguardo di sfida derisoria.

Siete contenti?

Scoppia a ridere

Ah! ah! ah! ah!

Tela